KB059244

터무니없는
스킬로
이세계 방랑 밥

10 비프커틀릿
× 도둑 왕의 보물

에구치 렌 지음
author ● Ren Eguchi
마사 일러스트
illustration ● Masa
이신 옮김

"무코다 오빠는 맛있는 걸 잔뜩 먹게 해주니까
롯테는 정말 좋아합니다."

타바사

롯테

터무니없는 스킬로 이세계 방랑 밥

이세계 방랑 밥

10

비프커틀릿

✕

도둑 왕의 보물

에구치 렌 지음
author ▪ Ken Eguchi
마사 일러스트
illustration ▪ Masa
이신 옮김

인물 소개

무코다 일행

드라 짱
사 역 마

보기 드문 픽시 드래곤. 작지만 성체. 역시 무코다의 요리를 노리고 사역마가 되었다.

스 이
사 역 마

갓 태어난 슬라임. 밥을 준 무코다를 따르며 사역마가 된다. 귀엽다.

페 르
사 역 마

전설의 마수 펜리르. 무코다가 만든 이세계 요리를 노리고 계약을 요구하여 사역마가 되었다. 채소를 싫어한다.

무코다
인 간

현대 일본에서 소환된 샐러리맨. 고유 스킬 '인터넷 슈퍼'를 지녔다. 특기는 요리. 겁쟁이.

신 계

루사루카
신

물의 여신. 공물을 노리고 무코다의 사역마인 스이에게 가호를 내린다. 이세계의 음식을 정말 좋아한다.

키샤르
신

대지의 여신. 공물을 노리고 무코다에게 가호를 내린다. 이세계 미용 제품의 효과에 매료되었다.

아그니
신

불의 여신. 공물을 노리고 무코다에게 가호를 내린다. 이세계의 술, 특히 맥주를 좋아한다.

닌릴
신

바람의 여신. 공물을 노리고 무코다에게 가호를 내린다. 이세계의 단것, 특히 도라야키에는 정신을 못 차린다.

◀ 다음

지금까지의 줄거리

수상쩍어 보이는 왕국의 '용사 소환'에 휩쓸려 검과 마법의 이세계로 오게 된
현대 일본의 샐러리맨 무코다 츠요시.
무코다는 어찌어찌 왕성을 나와 여행을 떠나게 되었으나,
고유 스킬 '인터넷 슈퍼'로 가져온 상품과 무코다의 요리를 노리고
'전설의 마수'부터 '여신'에 이르기까지 터무니없는 녀석들이 모여들더니
사역마가 되거나 가호를 내려주는 것이었다.
창조신 데미우르고스 님에게 신탁을 받아서,
한 동굴을 찾아간 무코다 일행.
수많은 함정을 빠져나간 곳에는
전설의 '도둑 왕'의 보물??
그리고 무코다는 그 보물 속에서
'있을 리 없는 문자'가 쓰인 석판을 발견하는데……?!

고유 스킬
『 인터넷 슈퍼 』
언제 어디서든 현대 일본
의 상품을 구입할 수 있는
무코다의 고유 스킬.
구입한 식재료에는 스테이
터스를 높이는 효과가 있다.

목 차

8 ✕ 　　장

1 ✕ 　한　담

1 ✕ 　번　외

다음 ▶

아이템 박스에 넣어두려던 석판을 빤히 바라보았다.

"어째서 일본어가……."

그 석판에는 복잡한 마법진과 상형문자 같은 글자가 쓰여 있었다.

그리고 그 중심에는…….

"전이, 마도구?"

굳이 일본어로 쓰여 있는 글자.

그것을 일본어로 중얼거리자 달칵하는 소리를 내며 석판 우측에 장치된 문이 열렸다.

"뭐지?"

안을 들여다보자 오래된 책 한 권이 들어 있었다.

책을 꺼내서 표지를 넘겨보니 거기에도 일본어가 쓰여 있었다.

"이 책을 손에 넣었다면, 당신은 일본인이겠지.

이 석판은 쓰여 있던 대로 전이의 마도구다.

참고로 나의 혼신의 역작이지.

악용되는 것은 싫지만, 추억이 담긴 물건이기도 해서 아무래도 부수는 것은 내키지 않더군.

그래서 동포의 손에 맡기기로 했다.

여러 가지로 의문은 있을 테지만, 사용법도 포함해서 이 책에 기록해두었으니 잘 활용해줘."

"……이걸 만든 사람은 일본인이라는 건가? 그렇다는 건, 나처럼 용사 소환 의식으로 이 세계에 소환된 일본인?"

나는 휩쓸렸을 뿐이지만, 용사 소환 의식으로 이 세계에 왔다는 것은 틀림없다.

그러고 보니 분명 레이세헬 왕국의 돼지 같은 왕이 "고대의 용사 소환 의식을 행했다" 같은 말을 했었지.

그렇다는 건…….

"전에도 용사 소환 의식을 했었다는 거겠지."

나를 포함한 네 명의 일본인보다도 훨씬 전에 이 세계로 온 사람이라.

흥미를 느끼고 책장을 넘기려던 순간에 페르의 목소리가 들려왔다.

『어이, 이쪽은 다 끝났다. 그쪽은 어떠냐?』

움찔하며 서둘러 책과 석판을 아이템 박스에 넣었다.

어째선지 모르겠지만, 페르한테는 아직 들키면 안 될 듯한 기분이 들어서였다.

이건 나중에 차분하게 읽어보기로 하자.

"아, 아직, 좀 더 걸릴 것 같아. 잠깐만 기다려."

나는 서둘러 마도구와 보물을 아이템 박스에 넣었다.

"끝났어."

마도구를 다 넣고 페르 일행과 합류했다.

『여기 있다.』

보물을 회수한 매직 백을 페르에게서 받아 들었다.

"드라 짱이랑 스이는 뭘 보고 있는 거야?"

어째서인지 드라 짱과 스이가 발밑을 집중해서 보고 있었다.

『너도 보는 게 좋겠다. 보물의 산 아래에서 재미있는 게 나왔다. 지금은 던전 안이 아니면 보기 어려우니까.』

"재미있는 거? ……아니, 이게 뭐야?"

드라 짱과 스이가 집중해서 보고 있는 것은 어떤 마법진이었다.

시간이 상당히 흘러서 흐려졌지만, 문양은 확실하게 알아볼 수 있었다.

"무슨 마법진이야?"

『아마도 전이 마법진일 테지.』

페르 말에 따르면 현재에 이르러서는 찾아보기 어렵게 되었지만, 수백 년 전까지는 단거리이기는 해도 전이 마법진을 쓸 수 있는 자가 있었다고 한다.

물론 전이에 관한 복잡한 마법진을 이해하고 그릴 수 있어야 하는 만큼 그 수는 적었다고 하지만.

페르는 도둑 왕이 그러한 자를 납치해 와서 그리게 하지 않았을까 추측했다.

모험가 길드에서도 전이 마도구를 쓰고 있다는 것을 떠올리고 그 이야기를 했더니 『사람이나 커다란 물건을 옮길 수 있는 것이냐?』하고 반대로 질문을 받았다.

분명 모험가 길드의 전이 마도구는 편지를 보내는 정도라고 들었던 것 같았는데.

지금은 그 정도가 고작이라는 것일지도 모르겠네.

페르의 이야기로는 사람과 물건, 전이시킬 것이 커지면 커질수록, 그리고 전이할 거리가 멀어지면 멀어질수록 사용되는 마법진이 복잡하고 난해해지는 모양이니까.

여기에 그려진 마법진 역시 한눈에 봐도 분명 복잡하고 난해하다.

『이 정도 양의 보물을 우리가 거쳐온 길을 따라 옮기기는 무리였을 터다.』

확실히 페르 말대로다.

마도구 중에 매직 백이 세 개 정도 있었다고는 해도 전부가 특대인 것은 아닐 테니까.

그렇다고 한다면 세 개의 매직 백으로 이 산더미 같은 대량의 보물을 한 번에 운반했을 거라고는 생각하기 어려웠다.

우리 일행, 아니 나는 페르가 있어서 동굴까지 어찌어찌 도착했지만, 보통은 죽었어도 이상하지 않은 험한 길이었다.

저 목숨이 오가는 길을 몇 번이고 오갔으리라고는 볼 수 없겠지.

거기에 더해 동굴 안은 함정투성이.

함정을 설치한 측도 역시 이걸 피해야 하는 데다가 목숨을 걸어야 하는 길을 몇 번이고 오가다니, 절대 무리인 이야기리라.

『그래, 이걸 써보자.』

"써보자니? 페르, 이 마법진의 목적지를 아는 거야?"

『모른다.』

너무 당당한 거 아닌가.

"어디로 전이하는지도 모르면서 쓰는 건 무섭잖아."

『그렇기는 하지만, 이 마법진도 단거리 전이일 테지. 고작해야 산기슭 어딘가라고 본다.』

"산기슭인 건 좋지만, 장소를 모르는 건 좀 그런데."

산기슭이라고 하면, 그게 있잖아.

블랙 바분 말이야.

그놈들 옆에 갑자기 전이하는 건 싫다고.

『쫑알쫑알 시끄럽구나. 전이가 싫다고 한다면, 왔던 길을 돌아갈 수밖에 없다. 그쪽이 좋겠느냐? 나는 어느 쪽이든 상관없다.』

페르의 그 말을 듣고 생각했다.

전이하지 않고 돌아간다면, 분명 왔던 길을 다시 돌아갈 수밖에 없다.

그것 외에는 방법이 없을 테고.

왔던 길을 돌아간다는 것은 저 절벽을 뛰어서 급경사면을 내려간다는……

상상한 것만으로도 소름이 돋았다.

무리 무리 무리 무리, 절대 무리.

그렇다면 페르 말대로 이 전이 마법진을 쓰는 쪽이 나으려나.

"알았어. 이 마법진을 써서 돌아가자. 하지만 전이해 간 곳이 산기슭이라면 블랙 바분이 있을지도 모르잖아."

『흥, 나와 드라와 스이가 있다. 그놈들 정도는 아무것도 아니다. 그렇지 않으냐? 드라, 스이.』

『당연하지.』

『또 싸워? 스이가 쓰러뜨릴 거니까 괜찮아.』

이 조합이라면 괜찮으려나.

하지만 나는 괜찮지 않거든…….

"걸어준 결계는 아직 유지되고 있는 거지?"

『너는 걱정도 참 많구나. 아직 괜찮다. 안심해라.』

개똥밭에 굴러도 이승이 좋다고 했어.

그렇지 않아도 이 세계는 위험한 게 너무 많으니까, 걱정이 좀 많은 편이 딱 좋다고.

『내가 마력을 불어넣을 테니 모두 마법진 위로 이동해라.』

페르의 그 말에 따라 다 함께 마법진 위로 이동했다.

『그럼 간다.』

말과 동시에 마력을 넣는 페르.

마법진이 빛나기 시작했고, 순식간에 부유감이 덮쳐들었다.

빛이 잦아들었을 때 우리는 어느새 숲속에 있었다.

그리고…….

"이건 조금, 아니 상당히 안 좋은 거 아냐?"

『흐음. 아무래도 블랙 바분의 둥지로 이동해버린 모양이구나.』

『하하핫, 아까보다도 많네.』

『와아~ 많이 있어~.』

우리 주변은 블랙 바분투성이였다.

동굴로 가던 길에 마주친 블랙 바분 무리보다도 훨씬 수가 많다.

"으오옷, 으옷, 으오옷."

"갸앗, 걋, 걋."

"부웃, 브으웃."

블랙 바분은 자신들의 둥지에 갑자기 나타난 이물질인 우리를 배제하려 덮쳐들었다.

"으아아앗, 어, 어쩔 거야?"

『흥, 쓰러뜨리며 나아가는 게 당연하지 않으냐. 갈 때랑 같다. 타라.』

페르 등으로 뛰어오르자, 선언했던 대로 페르가 발톱 참격을 날리며 블랙 바분을 베어 넘겼다.

『드라! 스이! 후위를 부탁한다!』

『알았다고! 맡겨둬!』

『스이, 또 많이 쓰러뜨릴래!』

"으아아아아아아앗."

페르는 나를 태우고 다시 나무들 사이를 맹렬한 속도로 달려나 갔다.

『멍청한 원숭이 놈들이 더는 안 쫓아오는데. 영역을 나온 건가?』

『그래, 그런 것 같구나.』

『에이, 벌써 끝났어?』

"하아, 드디어 나왔구나."

페르에게 매달려 있던 팔을 풀면서 안도의 한숨을 내쉬었다.

『우웅, 더 쓰러뜨리고 싶었는데.』

"스이, 무슨 말을 하는 거야? 엄청 잔뜩 쓰러뜨렸잖아."

스이의 산탄을 맞고 블랙 바분은 시체 더미가 되었다고.

『에헤헤, 그런가? 하지만 스이 더 할 수 있어.』

"그렇구나. 하지만 오늘은 끝이야. 마물이 또 덮쳐들면 그때 쓰러뜨려 줘. 믿고 있을게."

『응, 알았어.』

스이는 정말 어째서 이렇게 전투를 좋아하게 되어버린 걸까?

역시 함께 지내는 누구 씨의 영향이려나?

약육강식의 정점에 있다고 할 만한 존재가 옆에 있는 건, 갓 태어난 스이의 교육에는 좋지 않았던 것 같은 기분이 들어.

게다가 그다음에도 역시나 강한 동료가 생겼고.

강한 아군이 함께해주는 것은 마음 든든하지만, 스이는 조금 더 온화하게 자라줬으면 싶었는데.

무어라 형용할 수 없는 기분과 함께 문득 페르와 드라 짱에게 시선이 갔다.

『음? 뭐냐?』

『뭔데?』

"······아니, 아무것도 아냐."

이제 와서 말해본들 의미 없나.

페르와 드라 짱에게 불만을 말해도 『강해진 게 뭐가 나쁘냐』라고 대꾸할 것 같고.

일반인에게 손을 대지 않는 똑똑한 아이로 자라준 것만으로도 다행일지 모른다.

"그나저나 금화에 보석에 마도구까지, 보물을 잔뜩 구했네."

『그래. 보물은 우리 밥값이 될 테지? 그만큼 있으면 또 맛있는 걸 먹을 수 있겠구나. 잘 부탁한다.』

『정말이야. 아, 푸딩도 많이 사달라고!』

『케이크!』

"네네, 알았다고."

우리 아이들은 정말 식욕이 넘친다니까.

『그나저나 그 동굴은 함정이 너무 많아서 진절머리가 났다만, 내가 지금까지 겪어본 적 없는 종류도 있었던 건 좋은 경험이 되었다. 역시 신께서는 훌륭한 일을 하시는구나.』

『정말이야. 던전이 아니라서 마물은 없었지만, 그 정도의 함정은 좀처럼 경험할 수 있는 게 아니라고.』

『재밌었어!』

페르도 드라 짱도 스이도 그 동굴에 관해 대수롭지 않게 이야기하고 있는데, 보통은 안에서 죽거든.

나는 이런 거 두 번 다시 겪고 싶지 않아.

그리고 훌륭한 일이라니, 데미우르고스 님은 그저 공물의 답례로 보물을 주신 거라고 보거든?

…………그런 거죠?

함정투성이 동굴이 좋은 경험이 될 거라든가, 그런 거 아니죠?

믿겠습니다. 데미우르고스 님!

『어이, 배가 고프다.』

『나도 배고파.』

『스이도 배고파졌어..』

"이래저래 오늘은 점심밥을 먹을 틈이 없었으니까. 일단 가도로 돌아간 다음에 밥 먹자."

◇ ◇ ◇ ◇ ◇ ◇

가도로 돌아오니 주변이 어둑해져 있었다.

그 옆의 공터에서 저녁을 먹고, 오늘 밤은 그 자리에서 야영을 하기로 했다.

저녁밥은 몸이 뜨끈해지는 걸 먹고 싶다는 드라 짱의 요청을 받아 또 전골을 먹기로 했다.

전골은 좋지만 무슨 전골로 할까 망설이던 차에 페르가 『오랜만에 거북이가 먹고 싶다』라는 무시할 수 없는 한마디를 했고, 그렇게 에이블링 던전산 빅 바이트 터틀 고기로 자라 전골을 만들기로 했다.

페르, 드라 짱, 스이와 함께 자라 전골을 배부르게 먹고 마무리로 죽까지 만끽했다.

"오랜만에 먹은 자라 전골, 맛있었어."

『그래. 고기가 제일이기는 하지만, 거북이도 나쁘지 않다.』

『거북이 고기도 맛있지만, 마지막에 마무리로 먹은 죽이란 게 맛있었지..』

『맛있었어..』

"아, 그렇지. 아직 더 먹을 수 있어?"

『음? 뭔가 또 있는 것이냐?』

"아니, 그 왜, 푸딩이니 케이크니 했었잖아."

『푸딩이라고?! 푸딩이라면 들어갈 배가 따로 있지! 어서 줘!』

『주인, 케이크 줘.』

"하하하, 알았어. 알았어. 페르도 먹을 거지?"

『당연하다.』

모두의 기대에 답하기 위해 후미야의 메뉴를 열었다.

"오늘 성과는 너희 덕분이기도 하니까, 페르와 스이한테는 커다란 케이크를 줄게. 드라 짱한테는 푸딩 많이."

그렇게 말하자 모두 기뻐했다.

페르는 점잖은 척하는 얼굴을 하고 있지만 꼬리가 살랑살랑 흔들렸고, 드라 짱은 『아자!』라며 짧은 팔을 위로 휘둘러 올렸다.

스이는 『우와아아!』하고 고속으로 뿅뿅 뛰어오르고 있었다.

"그럼 잠깐 기다려."

페르한테는 좋아하는 딸기 쇼트케이크를 홀 사이즈로.

푸딩을 좋아하는 드라 짱한테는 딸기 푸딩에 바나나 푸딩 선데이, 그리고 커스터드푸딩을 다섯 개.

초콜릿을 좋아하는 스이한테는 초콜릿 스펀지케이크에 초콜릿 크림을 듬뿍 바르고 위에 과일이 잔뜩 장식된 초콜릿케이크를 홀 사이즈로.

"여기 있어."

모두의 앞에 각각 내주었다.

『으음, 으음. 역시 이 케이크는 맛있구나.』

생크림을 입 주변에 묻혀가며 맛있게 베어 무는 페르.

『크아, 역시 푸딩은 맛있다니까.』

뭔가 아저씨 같은 말투로 절절하게 말하는 드라 짱.

『초콜릿케이크 맛있어.』

좋아하는 초콜릿케이크를 먹어서 기분 좋은 스이.

나로 말하자면, 살짝 사치를 부려서 인터넷 슈퍼에서 산 블루 마운틴 드립백 커피를 마시며 모두가 맛있게 케이크와 푸딩을 먹는 모습을 지켜보았다.

흙 마법으로 만든 상자형 집 안──.

뼛속까지 추위가 스며드는 날씨. 온기를 찾아 전용 이불에 누워 잠든 페르에게 딱 붙어 잠든 드라 짱과 스이.

페르도 드라 짱도 스이도 깊게 잠들었다.

폭신폭신한 털을 가진 페르에게 기대어 자는 것은 실로 따뜻해 보이기는 했지만, 나한테는 해야만 할 일이 있었다.

불빛이 새어 나가지 않도록 내 이불 속으로 들어가서 랜턴형 LED 조명을 켰다.

그리고 아이템 박스에서 꺼낸 것은 도둑 왕의 보물 속에서 찾은 전이 마도구에 감춰져 있던 책이었다.

나와 마찬가지로 이 세계에 불려온 일본인이 쓴 책이다.

어떤 내용이 쓰여 있을지 몹시 신경이 쓰였다.

전이 마도구의 사용법도 쓰여 있는 모양인데, 그것 외엔 어떤

글이 쓰여 있을까?

　꿀꺽——.

　나는 LED의 옅은 불빛을 의지해 낡은 책장을 넘겼다.

집중해서 책을 읽어보니, 내용은 자서전인 듯했다.

이 책을 쓴 인물은 마츠모토 카즈키라는 일본 남성이었다.

나와 마찬가지로 용사 소환 의식에 의해 이 세계로 소환되어 왔다고 한다.

2014년, 대학생이었던 카즈키는 아르바이트를 하러 가던 도중에 당시 존재했던 아스타피에프 왕국으로 소환되었다.

소환된 사람은 카즈키 외에도 두 명 더 있었다고 한다. 그때의 상황도 쓰여 있었는데, 아스타피에프 왕국 측의 첫인상은 좋지 않았던 모양이었다.

졸부 같은 화려한 옷으로 몸을 감싼 왕과 왕비와 차가운 인상의 공주님, 차림새는 좋지만 사람을 내려다보는 듯한 눈빛의 중년 남성 여럿, 갑옷 차림의 병사가 그들을 둘러싸고 있었다고 하니 말이다.

라이트노벨을 몹시 좋아했던 카즈키는 순식간에 장소가 달라진 그 상황을 바로 이해했는지,

"이세계소환왔다————m9(°∀°)————"

라고 그때의 기분이 쓰여 있었다.

그러나 그 직후, 왕족을 비롯한 중추적 위치에 있는 자들의 언동에서 느낌이 딱 왔던 모양이었다.

무도한 이웃 나라가 이 나라에 쳐들어와서 백성들이 굶주림에

괴로워하고 피폐해졌으며, 이 나라는 멸망 직전의 상태라는 등등의 말들. 그러니 "용사님 부디 도와주세요!"라는 것이었나 본데, 이게 설득력이 전혀라고 해도 좋을 만큼 없었던 듯했다.

당시 카즈키의 마음은 "나라가 멸망 직전이니 어쩌니 하는 것치고는 전혀 비장함이 없는데? 게다가 그런 상황에 쓸데없이 호화로운 옷을 입고 있는 건 어떻게 된 건데? 말도 안 되지. 이 녀석들 바보인가? 이세계는 두근두근 반짝반짝하지만, 라이트노벨에도 있을 법한 전개인 쓰다 버려지는 불쌍한 용사가 되는 건 사양이야"라고 쓰여 있었다.

공격해 오는 것이 이웃 나라인가 마족인가의 차이가 있을 뿐, 거의 나와 같은 상황이었다.

정말로 국민을 생각하는 왕이라면, 보통 국민이 괴로워하는 중에 쓸데없이 호화로운 옷 같은 건 입지 않겠지.

후줄근하게 입으라는 말은 하지 않겠지만, 때와 장소라는 것을 생각하라고.

그런 부분에서 오만함이 그대로 드러난다니까.

내 경우도 그랬지만, 옛날부터 이런 짓을 하는 것은 대체로 변변치 못한 나라이기 마련이다.

아무튼 카즈키는 쓰다 버려지는 일은 참을 수 없다며, 라이트노벨 지식을 총동원하여 임한 모양이었다.

우선은 나라 측에 자신의 스테이터스를 확인당하기 전에 직접 스테이터스를 확인했다.

직업은 무려 현자.

스킬은 불 마법 · 물 마법 · 바람 마법 · 흙 마법 · 얼음 마법 · 번개 마법 · 회복 마법 · 성(聖) 마법 · 신성 마법으로 모든 마법에 적성이 있었고, 고유 스킬로는 마법의 심원이라는 것이 있었다고 한다.

이 마법의 심원이란 마법에 관한 이해력이 높아지는 스킬이라고 쓰여 있었다.

보통 사람이라면 몇 년이고 수행해야 겨우 쓸 수 있는 고도의 마법이나 본래 스승을 두고 오랜 기간에 걸쳐 공부해야 할 마도구 제작, 마법진 같은 것도 슬쩍 공부하기만 해도 쓸 수 있게 된단다.

그리고 마력도 처음부터 상당했다고 한다.

카즈키의 직업은 용사는 아니었지만 현자였고, 스킬과 마력량을 보아도 상당한 마법을 쓸 수 있는 것은 틀림이 없었다.

그 사실을 들킨다면 용사와 마찬가지로 쓰다 버려질 것이 명백했다.

일단 자신의 스테이터스를 은폐하고 덧쓸 수는 없을까 시험해 봤더니 간단히 돼버렸다고 한다.

직업란은 이세계의 학생으로 하고, 스킬은 없으며 마력은 96이었던 체력보다 조금 낮은 88로 해두었다.

함께 소환된 두 사람은 용사였다. 그 사실에 주변이 크게 소란스러워진 틈을 타서 카즈키는 그 일을 해냈다.

그 후 카즈키는 왕국 측에 스테이터스를 조사받았는데, 스테이터스를 본 왕국 측 인간은 쓰레기를 보는 듯한 눈으로 카즈키를 보았다고 한다.

특별하다는 말을 듣는 것은 사고를 마비시키는지, 함께 소환된 두 사람은 처음엔 혼란스러워했지만 사람들이 추켜세워주는 것이 싫지만은 않아 보였다고 한다.

카즈키도 그 두 사람에게 미안하다고 생각하기는 했지만, 전혀 모르는 사이인 두 사람과 자신을 저울에 올려보면 역시 자신이 더 소중하다는 답이 나왔다. 그래서 왕에게 "저는 힘이 안 될 테니 거리에서 조용히 살겠습니다" 하고 청해보았더니 간단히 받아들여졌다고 한다.

카즈키로서는 그 자리에서 죽임을 당할 수도 있다고 경계했지만, 어찌어찌 허락을 받았다.

나중에 안 이야기로는, 이미 용사 소환 의식을 행한다는 사실이 국내외에 어느 정도 알려진 것도 영향을 주지 않았을까 싶다고 쓰여 있었다.

소환한 용사를 바로 죽였다고 알려진다면, 아무래도 왕국 측의 평판이 나빠질 테니 순순히 놓아준 것일 거라고 한다.

그러나 그대로 나라 밖으로 풀어주지는 않았다. "우리를 위해 이 세계로 와주신 것에는 변함이 없다. 아직 전쟁의 영향이 적은 변경의 땅에서 느긋하게 살도록 하라"라는 왕의 말도 있어 카즈키는 변경의 땅으로 가게 되었다.

왕국의 병사와 함께(요컨대 감시역이다) 말이다.

왕국 병사가 끄는 마차에 올라 왕도를 떠난 지 닷새. 일행은 점점 외진 곳으로 나아갔고, 결국에는 마차 한 대가 겨우 지나다닐 정도의 외길이 이어진 숲속으로 들어섰다.

그 숲속을 잠시 나아가다가, 카즈키는 "어디든 마음대로 가라. 뭐, 살아서 갈 수 있을 때의 얘기지만"이라는 병사의 말과 함께 마차에서 끌려 나왔다고 한다.

죽이지는 않겠지만, 숲속에 버려두고 가서 마물에게 공격당하게 한다는 패턴이었다.

이 행위는 죽으라고 말하는 것이나 다름없었으나 카즈키에게는 바라 마지않던 일이었다.

왕국 측은 몰랐지만, 카즈키는 현자로 마법의 심원이라는 고유 스킬도 있었다.

그 숲에 도착하기까지 어느 정도의 마법도 습득해두었다.

카즈키는 자신을 잡아먹으려 덤벼드는 마물들에게 이제 막 습득한 마법을 연습 겸 날리면서 유유히 숲에서 나왔다고 한다.

그 후로는 눈에 띄지 않도록 하루 벌이를 해가며 아스타피에프 왕국을 탈출했고, 이웃 나라인 스레자크 왕국에서 카즈라는 이름으로 모험가 등록을 했다.

모험가가 된 카즈키, 아니 카즈는 자유롭게 이 세계를 여행하고 다녔다.

여행을 하며 겸사겸사 다양한 마법 서적도 구해서 마법을 깊게 이해해갔고, 마도구 제작과 마법진에 관해서도 습득했다고 한다.

"후~……."

3분의 1 정도 읽었을 때 잠시 휴식을 하기로 했다.

가물가물한 눈을 몇 번이고 비볐다.

졸음을 깨기 위해 인터넷 슈퍼에서 블랙 캔 커피를 샀다.

최선을 다해 소리가 나지 않도록 캔을 따고 한 모금.

그나저나 내가 소환됐을 때와 경위가 똑같네.

이 아스타피에프 왕국이라는 건 지금은 없는 나라인 것 같은데, 카즈키가 이쪽에 소환된 것은 2014년이었다고 하니까…….

어떻게 된 거지?

손에 든 낡은 책을 찬찬히 살펴보았다.

이걸 감정하면 언제쯤 쓰인 건지도 알 수 있지 않을까?

그런 생각이 머릿속을 스쳤고 바로 책을 감정해보았다.

【현자 카즈의 자서전】

약 600년 전에 이세계의 언어로 쓰인 현자 카즈의 자서전.

"오오오!"

무심코 나온 목소리에 퍼뜩 놀라며 입을 손으로 눌렀다.

슬쩍 이불을 들치고 페르와 드라 짱과 스이의 모습을 살폈다.

페르도 드라 짱도 쿨쿨 곤한 숨소리를 내며 자고 있었고, 스이도 숙면하고 있는지 꼼짝도 하지 않았다.

그 모습에 안심하면서 이불을 다시 덮었다.

그나저나 600년 전이라니, 꽤 오래전이네…….

하지만 카즈키가 이쪽에 온 건 2014년이었다고 쓰여 있잖아.

내가 이쪽 세계에 소환된 건 2016년.

고작 2년 차이인데, 이쪽에서는 600년 차이가 나다니 어떻게 된 거지?

이쪽 시간 축과 저쪽 시간 축이 다르다는 걸까?

으음, 잘 모르겠어.

뭐, 이쪽과 저쪽은 애초에 세계가 다르니까 고민해본들 소용없는 일일지도 모른다.

어떻게 할 수 있는 것도 아니고.

그보다 다음이다. 다음.

나는 블랙 캔 커피를 꿀꺽 마시고 목을 축인 다음, 다시 책으로 시선을 떨어뜨렸다.

카즈키는 각지를 오가며 여행하는 도중에 마법에 능한 마족이라는 자들이 사는 땅이 있다는 소문을 들었다.

마법에 능한 자라는 말에 현자이자 마법의 심원이라는 고유 스킬을 가진 카즈키는 흥미를 느껴 그 땅으로 향했다.

그 땅은 현재의 마족령을 뜻하는 모양이었다.

지금은 단절이라 할 정도로 국가 간 교류가 거의 없는 마족령이지만, 아무래도 카즈키가 살았던 시대에는 이럭저럭 국교가 이뤄지고 있었나 보다.

카즈키는 마족령으로 향하는 상인의 호위라는 형태로 마족령 안드라스에 입국했다.

그리고 그곳에 사는 마족들의 모습을 보고 놀랐다.

사전에 몇 번이나 마족령에 갔던 적이 있는 그 상인에게 "우리와는 외모가 많이 다르지만, 사귀어보면 좋은 사람들이랍니다"라고 듣기는 했지만, 실제로 보니 역시 놀라지 않을 수 없었던가 보다.

피부가 푸르거나 등에 박쥐 날개 같은 것이 자라난 마족, 피부가 검은 엘프로 판타지에 등장하는 다크 엘프, 수인은 수인이지만 카즈키가 봐왔던 수인과는 달리 말 그대로 이족보행을 하는 짐승 같은 수인, 지능은 자신들과 다르지 않지만 외모가 오크나 고블린과 똑 닮은 종족까지 있었다고 하니 카즈키의 심정도 이해가 되었다.

놀라기는 했지만, 반대로 판타지 요소가 넘쳐나는 마족령의 사람들을 보고 더욱 이 땅에 흥미를 느끼게 된 카즈키.

호위를 해 온 상인의 주선으로 인간족과 나름의 교류가 있던 마을에 머물게 되었다.

처음에는 당혹스러운 듯 카즈키를 멀리서 지켜보던 마을 사람들도 시간이 흐를수록 카즈키가 위해를 끼치지 않는다는 것을 이해했고, 조금씩 사이가 좋아졌다고 한다.

작은 마을이기는 했지만 카즈키에게는 배울 것이 많았던가 보다.

지금까지 본 적 없었던 결계 마법과 매료와 혼란 같은 정신에 효과를 발휘하는 마법, 비행 마법까지도 무리 없이 사용하는 마을 사람들에게는 카즈키도 혀를 내둘렀다.

그러한 마법을 쓸 수 있었던 것은, 푸른 피부의 마족과 박쥐 날개를 가진 마족과 다크 엘프였다고 한다.

적성이 없으면 쓰지 못한다고 하는 마을 사람들의 말에도 카즈키는 자신이라면 가능하다고 할까, 분명 가능할 거라고 믿으며 마을 사람들에게 마법을 가르쳐달라고 애원했다.

마을 사람들은 "이 마을에 사는 마법 사용자는 실력이 별 대단치 않은데"라고 투덜거렸다고 하지만 말이다.

마을 사람들이 말하길, 큰 도시에 가는 편이 마력이 많은 자도 많고 나름 실력 있는 마법 사용자도 있다고 했다.

아무래도 결계 마법은 마력을 담으면 담을수록 견고해지고, 매료와 혼란 같은 정신에 효과를 발휘하는 마법은 마력을 담으면 담을수록 더 강하고 길게 정신에 영향을 미치며, 비행 마법은 마력이 많을수록 비행할 수 있는 시간이 길다고 하니 마을 사람들이 하는 말도 이해는 되었다.

그러나 카즈키는 풍부한 마력을 갖고 있었고 고유 스킬인 마법의 심원도 있었기에 사용하는 방법만 알면 어떻게든 되었다.

그 외에 이족 보행 하는 수인들에게는 신체 강화의 일종을 배웠다고 한다.

글쎄 이 이족 보행 수인들은 늑대와 호랑이와 사자 등 다양하게 있었는데, 그 모두가 힘이 세고 움직임이 빨랐다.

힘이 강한 것은 수인의 종족 특성이라고 하는데, 빠른 움직임에는 마력이 쓰였다고 한다.

그 부분을 가르쳐달라고 수인에게 가르침을 청했지만, 이 수인들은 이놈이고 저놈이고 가르치는 데는 영 소질이 없는 데다 뇌까지 근육인 녀석들뿐이라 꽤 고생했다고 하는 카즈키의 불평이 쓰여 있었다.

원리는 온몸에 마력을 채우고 근육의 움직임을 보조하는 그런 느낌이라고 하는데, 이걸 완벽하게 해내려면 익숙해지는 것이 제일이라고 한다.

실제로 마족령의 수인들은 어릴 때부터 이 과정을 배우는 모양이었다.

그래도 카즈키는 단기간에 순간적이기는 해도 쓸 수 있게 되었다고 하니, 역시 현자라고 해야 할까.

그리고 외모가 오크인 오크족(그 말 그대로 그런 종족이라고 한다)에게도 마법을 배운 모양이었다.

오크가 특기로 하던 것은 신체 경화(이것도 일종의 신체 강화 마법이지만) 마법과 일종의 부여 마법.

신체 경화라는 것은 몸의 표면에 얇은 마력을 둘러서 몸을 단단하게 만듦으로써 마법 공격과 물리 공격의 충격을 줄이는 것이고, 부여 마법은 신체 경화의 연장으로 가진 무기에 마력을 둘러서 내구력과 공격력을 올리는 것이라고 한다.

가르침을 준 마을의 오크는 자신이 일할 때 쓰는 도구이자 무기이기도 한 도끼를 쓰다듬으며 "사실 불 마법을 쓸 수 있으면 무기에 불을 두르는 것도 가능해. 나도 불 마법을 쓸 수 있지만, 그걸 하면 바로 마력이 바닥나거든. 내 경우엔 이 녀석의 내구력과 날카로움을 올리는 정도야"라고 쓴웃음을 지었다고 한다.

그에 관해 카즈키는 흥분한 투로 "내구력과 날카로움을 올리는 정도라고 말했지만, 그거 대단한 일이거든! 이 마법은 마력을 그다지 필요로 하지 않고, 이걸 잘 쓰면 나무 막대기도 훌륭한 무기가 된다는 거니까!"라고 썼다.

마법에 특화된 카즈키이기는 하지만, 여차할 때 적은 마력으로 무기를 강화할 수 있는 이 마법은 큰 의지가 되었던 것이 아닐까 하고 상상했다.

실제로 그런 여차하는 순간이 몇 번인가 있었는지 "오크한테 배운 마법은 정말로 도움이 되었어……"라고 절절한 말투로 쓰여 있었다.

고블린(이쪽도 정확하게는 고블린족이라고 하는 모양이다)에게는 다양한 포션 제작법을 배웠다고 한다.

고블린은 손재주가 좋은지, 마족령에서는 포션 제작을 도맡아 하는 일족이었다고 한다.

카즈키도 일단 포션을 만들 수 있기는 했지만, 자신이 만든 포션보다도 효과가 좋은 고블린의 포션에 관해서는 매우 배울 가치가 있었다고 쓰여 있었다.

그런 느낌으로 마을에서 여러 가지를 배우며 지내는 사이에, 그는 마족령에 관해서도 알게 되었다.

마족령에는 카즈키가 있던 안드라스 외에도 키마리스과 라우무라는 나라가 있으며, 자잘한 분쟁은 있지만 세 나라의 관계는 나쁘지 않았다고 한다.

그도 그럴 것이 마족이 사는 토지는 작았고, 이 대륙에 사는 마족은 이 세 나라에 있는 국민뿐이라 수가 압도적으로 적었던 것이다.

"어? 그런 거야?"

카즈키가 쓴 책을 읽으면서 무심코 작은 목소리로 중얼거리고 말았다.

이 책으로 판명된 바에 따르면, 마족령은 이 대륙의 반도 부분이라고 한다.

마을 사람들에게 들은 이야기로는 마족령은 해안선을 따라 여유롭게 일주한다고 해도 한 달도 걸리지 않는다고 쓰여 있었다. 그러니 그다지 크지 않다는 것은 어렵지 않게 상상할 수 있었다.

나를 소환했던 곳, 마족령에 근접했던 지금은 망국이 된 레이세헬 왕국에서조차 마족령이 어떠한 토지인지 알지 못했는데, 설마 이렇게 알게 될 줄이야…….

더욱 책을 넘기자 어째서 그곳에 마족이 자리를 잡고 살게 되었는지가 쓰여 있었다.

마족령에 전해지는 전승이 있는지, 그에 따르면…….

멀고 먼 옛날, 마족의 나라에서 거인족이 사는 섬으로 출항한 배가 큰 폭풍에 휩쓸려 조난되었고, 항해 불능이 되었다.

이대로는 죽기만을 기다려야 했던 마족 승조원들은 운을 하늘에 맡기고 비행 마법을 써서 육지를 향해 갔다.

그리고 도착한 곳이 현재 마족령이 된 땅이라는 것이다.

어느 정도의 마족이 현 마족령에 도착했는지는 모르지만, 마족령에서 사는 마족들은 대체로 그 자손이라고 한다.

"후우~……."

다시 한숨을 내쉬고 책에서 시선을 뗐다.

설마 마족령에 관해 이렇게 여러 가지를 알게 될 줄이야.

현재 마족령에 근접한 나라들은 마족령과 교류가 없다고 들었다.

실은 마족령은 이 대륙의 반도 부분에 있다든가, 마족령에 사는 사람들은 다른 대륙에 있을 터인 마족의 나라에서 온 마족의 후예라든가, 현재 그 사실을 아는 건 혹시 나뿐인 것이 아닐까?

··················.

무심코 뺨이 움찔거렸다.

진정해라.

차분함을 되찾기 위해 블랙 캔 커피를 꿀꺽 삼켰다.

카즈키는 마족 마을에 반년 정도 머물렀다.

그 사이에도 카즈키는 마을 사람들에게 들은 이야기를 잊지 못했다.

마족령의 사람들이 바다를 넘어 다른 대륙에서 왔다고 하는 이야기를.

이 세계에 있는 미지의 대륙──.

카즈키의 호기심이 강한 자극을 받은 모양이었다.

그 대륙은 어디쯤에 있을까?

그곳에는 어떤 나라가 있을까?

어떤 사람들이 살고 있을까?

당시 카즈키는 그런 생각만 했다고 한다.

지금 당장은 무리라도 언젠가는 가보고 싶다.

그걸 위해 마족에 관해 더 알고 싶다고 생각하게 되었고, 카즈키는 더 큰 도시로 갈 수 없을지 마을 사람들에게 상담했다.

그러나 그 부분은 마을 사람들에게 제지를 당한 모양이었다.

이 마을은 약간이기는 하나 인간족과의 교역도 있었기 때문에 괜찮았지만, 커다란 도시에는 인간족을 싫어하는 이도 많다는 것이 이유였다.

글쎄 백수십 년 전에 마족령과 그에 접한 인간족 나라 사이에 전쟁이 있었고, 그때 마족 측에서도 많은 희생자가 나왔다고 한다.

종족에 따라서 다소의 차이는 있지만, 200에서 300년의 수명을 가진 마족령의 사람들에게는 아직 옛날 일이라고 말하기 힘든 사건.

그 전쟁에 나섰던 자와 가족이 희생된 자 중에는 여전히 건재한 자가 많은 데다 큰 도시에는 성격이 거친 종족도 있었다.

그곳에 인간족인 카즈키가 나타난다면 쓸데없는 다툼이 일어날 게 뻔했다.

그 이야기를 들어버린 카즈키도 고집을 부리지는 않았다.

아쉬운 마음을 억누르며 신세를 진 마족의 마을에 작별을 고하고, 카즈키는 마족령을 뒤로했다.

그리고 카즈키는 모험가로 다시 돌아가 계속해서 여러 곳을 여행하고 다녔다.

이곳저곳 여행을 다니는 사이에도 마족의 나라가 있다고 하는 대륙은 카즈키의 머릿속에서 사라지지 않았다.

그렇게 마족의 마을을 떠난 지 3년. 카즈키는 의뢰로 방문했던 도시의 고서점에서 재미있는 것을 발견했다.

전이 마법진의 연구자 오르보 마이어넨의 연구 일지였다.

오르보는 어떤 나라에 있는 남작가의 삼남으로, 전이 마법진에 매료되어 그 연구자가 되었다고 한다.

그는 나라의 연구기관에서 근무했던 듯한데, 전이 마법진은 그것보다 난해한 것이 없다고들 할 정도라 쉽게 성과가 나오지 않았다.

오르보는 결국 출세하지 못한 연구자로 지냈고…… 아니, 그건 됐고, 그래도 오르보는 포기하지 않았다.

일생에 걸쳐 꾸준하게 전이 마법진에 관해 연구한 내용을 써서 남긴 것이다.

그 오르보의 연구 일지가 일곱 권.

양피지에 쓰인 것이기는 했으나 이 시대, 아니 이 세계에서 책이란 손으로 적은 것이고 전부 귀했다.

오르보의 연구 일지도 일곱 권에 금화 열다섯 닢이었다고 한다.

그래도 그 무렵에는 카즈키도 모험가로서 나름대로 이름도 알려지고 성공했기 때문에, 전부 사들이기로 했다.

전이 마법진은 어쩌면 마족의 나라가 있다고 하는 대륙으로 가는 데 도움이 될지도 모른다.

그런 생각도 있어서 카즈키는 오르보의 연구 일지를 읽는 데 열중했다.

'마법의 심원'을 가진 카즈키가 오르보의 연구 일지를 몇 번이나 읽어 이해한 결과, 결론부터 말하자면 가본 적이 없는 장소로 전이하는 것은 불가능했다.

글쎄 전이 마법진이라는 것은 기본적으로 오가는 양쪽 장소에 설치해야만 한다고 한다.

게다가 그 마법진 안에 전이하는 장소의 정보를 어느 정도 담아둘 수 있는가, 그리고 얼마나 그 마법진에 균일하게 마력을 전달할 수 있는가에 따라서 전이하는 거리와 정확성에 차이가 생긴다고 하니, 확실히 가본 적 없는 장소로 전이하는 것은 불가능하다고 할 수밖에 없었다.

전이 마법진에 쓰인 문자도 평범한 문자가 아니기에 그것을 습득하는 데만도 보통 10년은 걸린다고 한다.

그 문자를 써서 마법진 안에 전이할 곳의 정보를 마력이 균일하게 흐를 수 있도록 적어나가는 것이다.

물론 장소가 멀면 멀수록 그 정보도 다량으로 적어넣어야만 해서 난도가 뛰어오른다고 하니, 전이 마법진에는 근거리용이 많다는 이야기도 납득이 되었다.

역시 틀린 건가 하고 낙담한 카즈키.

마족의 나라가 있다는 대륙으로 가기 위해서는 대해를 넘어야만 한다.

그렇게 되면 배라는 수단이 있지만, 바다에는 바다의 마물이 있다.

육지와 가까운 곳이면 몰라도, 먼 바다로 나가면 시 서펜트와 크라켄 같은 S랭크 마물에 습격을 받아 물고기 밥이 되어 사라질 것이다.

배를 제외한다면, 마족의 마을에서 배운 비행 마법이라는 방법이 있다.

마족령에 온 선조님들도 비행 마법으로 왔다고 하니까.

다만 그것은 달리 어쩔 도리가 없어서 쓴 방법인지라…….

분명 어느 정도의 거리가 될지 알 수 없는 대륙까지 비행 마법만으로 간다고 하는 것은 아무래도 어려운 일이었다.

마족의 마을을 떠난 후로 비행 마법 실력도 늘었고 자신도 있는 카즈키였지만, 도중에 힘이 다하면 바다에 떨어져 마물의 먹이가 될 뿐이다.

그래도 마족의 나라가 있다고 하는 대륙을 포기할 수 없는 카즈키는 생각했다.

이거, 휴대식 전이 마법진 같은 게 있으면 어떻게 되지 않을까?

사람을 전이시킬 수 있는 전이 마법진은 어느 정도 크기가 되는 데다, 틀어지거나 손상이 생기거나 할 경우엔 제대로 발동하지 않는다.

그래서 탄탄하면서도 평평한 돌에 그리는 것이 통례로 여겨져 왔다.

그래서일까? 그때까지는 카즈키처럼 휴대한다는 발상은 생겨나지 않았었다.

카즈키가 생각한 것은 한쪽 마법진을 지금 있는 곳에 설치하고, 휴대식 마법진을 카즈키가 가지고 다닌다는 것이었다.

그리고 비행 마법으로 마족의 나라가 있다고 하는 대륙을 향해 간다.

도중에 아무래도 무리다 싶을 때는 그 휴대식 전이 마법진을 써서 전이해 돌아온다.

그 경우 휴대식 전이 마법진은 사용 후 바다에 풍당 빠져서 일

회용이 되어버리지만, 자신의 목숨은 확실하게 지킬 수 있다.

카즈키는 마족의 나라가 있다고 하는 대륙으로 가려면 이 방법밖에 없다고 생각했다.

그렇게 휴대형 전이 마법진, 이른바 휴대형 전이 마법 도구 연구가 시작됐다.

비행 마법은 마력량에 의존해야 하는 만큼, 그는 동시에 마력량을 늘리기 위해 레벨 업도 계획했다.

시행착오를 겪으며 1년 후에 드디어 완성된 휴대용 전이 마도구.

카즈키는 마법진을 소형화하고, 그것을 그릴 석판도 특수 제작했다.

귀한 재료를 여럿 써서 만든 용액에 자신의 마력을 열 시간 정도 담았다고 한다. 그리고 나로서는 뭔지 잘 모를 어쩌구 마력 용액에 석판을 열흘간 담가두었다고 쓰여 있었다.

아무튼 그렇게 준비한 석판에 소형화한 마법진을 그린다. 그리하여 드디어 휴대형 전이 마도구가 완성되었던 것이다.

연구를 위해 구입한 자택에 한쪽의 전이 마법진을 그린 다음 테스트 운용해본 결과 성공적이었다.

카즈키는 드디어 염원하던 마족의 나라가 있다고 하는 대륙으로 향했다.

마족의 마을에서 선조님들은 서쪽에서 왔다고 하는 이야기를 들었기 때문에, 카즈키도 곧장 서쪽 방향으로 날아갔다.

그러나……

대륙 같은 건 그림자도 보이지 않는 망망대해 한가운데에서 힘이 다한 카즈키는 마지막 힘을 짜내서 휴대형 전이 마도구를 발동.

기진맥진해서 자택으로 돌아왔던 것이다.

마력이 부족하다고 실감한 카즈키는 그 후 다시 1년에 걸쳐서 레벨 업을 꾀하며 모험가로서는 S랭크까지 올라갔다.

그리고 다시 마족의 나라가 있다고 하는 대륙으로 향했다.

쉬지 않고 날아가기를 사흘. 카즈키가 이제 슬슬 위험하다고 생각하기 시작했을 때, 어렴풋이 육지가 보이기 시작했다.

카즈키는 마지막 힘을 짜내서 육지를 향해 갔다.

그리고, 드디어 염원하던 마족의 나라가 있다고 하는 대륙에 발을 디딘 순간 한계에 달한 카즈키는 정신을 잃었다.

다음에 카즈키가 눈을 떴을 때, 이 세상 사람이라고는 생각할 수 없을 정도의 미소녀가 눈앞에 있었다.

"좋아합니다. 결혼해주세요…….."

무심코 그런 말이 입을 뚫고 나왔다는 모양이다.

비스크 돌처럼 투명한 하얀 피부에 옅은 보랏빛의 아름다운 눈동자와 부드러운 긴 머리카락.

투박한 블라우스와 스커트 너머로도 알 수 있는 풍만한 가슴과 잘록한 허리를 가진, 스타일도 발군인 초절정 미소녀.

등에 자라난 검은 박쥐 날개조차도 그녀라면 귀엽게 보였다고 쓰여 있었다.

이 소녀의 이름은 제나.

훗날 카즈키의 아내가 된다.

이 제나라는 이름이 나온 뒤로는 제나에 관한 자랑만 쓰여 있으므로 생략하겠다.

뭐 간단히 이야기해서 제나에게 한눈에 반한 카즈키의 맹렬한 공세에 제나도 넘어가서 둘은 맺어졌다.

말솜씨도 좋고 능력도 좋은 카즈키는 제나의 부모님도 어찌어찌 설득했고, 두 사람은 결혼.

그리고 모험가로서 돈을 벌며 둘이 함께 마족 대륙을 여행 다녔다고 한다.

그건 좋다. 그건 좋지만, 카즈키와 제나의 첫날밤이니 여행 도중에 둘이서 로맨틱하게 불타올랐던 밤이라느니 하는 걸 읽어야 했을 때는, 이 책을 내던져 버릴까 하는 생각이 들고 말았다.

그래도 아직 조금 더 남았다.

일단 전부 읽어야지 하고 블랙 캔 커피를 꿀꺽 마시고 마음을 진정시킨 다음 독서를 재개했다.

둘은 여행을 다니는 사이에 거인족의 섬으로 정기선이 떠난다고 하는 도시에 도착했다.

마족령에 다다른 마족들의 본래 목적지였던 거인족의 섬이다.

카즈키가 갔을 무렵엔 정기선이 다닐 정도가 되어 있었던 모양이었다.

기왕 왔으니까 하는 마음으로 카즈키와 제나는 거인족의 섬에 가보기로 했다.

그리고 거인족 섬의 모험가 조합(마족 대륙에서는 그렇게 부르는 모양이다)에서 샌델이라는 거인족 청년과 의기투합.

섬에 있는 동안 임시 파티를 만들어 셋이서 의뢰를 받거나 했다.

그리고 샌델은 카즈키에게 긴히 할 이야기가 있다며 말을 꺼냈다.

그것은 무려 샌델의 여동생을 받아주었으면 좋겠다는 이야기였다.

거인족은 여성이라도 2미터에 가깝고, 남성이 되면 2.5미터나 된다.

그런데 샌델의 여동생은 체구가 너무 작아서 남성들이 꺼린다고 했다.

그 탓에 스무 살이 된 지금까지도 결혼 이야기가 없어서, 본인이 무척이나 낙담하고 있다는 것이었다.

샌델은 인간족이라고 해도 카즈키라면 믿을 수 있고, 체구가 작은 여동생과도 어울리지 않을까 싶어서 이야기를 꺼냈다고 한다.

카즈키는 처음엔 제나가 있다며 거절했지만, 제나 쪽에서 만나보는 게 좋겠다며 권했다는 모양이다.

글쎄, 카즈키만큼 강한 남자라면 아내가 여럿 있는 것은 당연한 일인 모양이었다.

그리하여 카즈키는 샌델의 여동생과 만나기로 했다.

그렇게 만난 샌델의 여동생 바우라는 180센티미터 정도로 거인족치고는 작은 체구였지만, 갈색 피부와 검은 웨이브 헤어를 가진 콜라병 몸매의 글래머러스한 라틴계 미녀였다고 한다.

겉모습은 거침없는 타입으로 보이는 바우라가 "역시 저 같은 건 안 되겠지요?"라며 풀 죽어 있는 모습을 보고, 그 갭에 넘어간 모양이었다.

결국 카즈키는 바우라도 아내로 삼았다.

두 번째 아내 바우라를 맞아들여 세 사람이 된 카즈키 일행은 다시 마족 대륙을 여행했다.

그다음은 또다시 제나와 바우라에 관한 자랑만 쓰여 있는지라 생략이다.

쳇, 아내가 둘이나 생긴 거냐고.

게다가 미소녀와 미녀라니.

말에 차여 죽어버리면 좋으련만.

그런 생각을 하면서, 이제 얼마 안 남았다고 참으며 책을 계속 읽어나갔다.

마족 대륙을 어느 정도 여행했을 때, 제나와 바우라가 카즈키가 온 대륙을 보고 싶다는 요청을 했다.

그래서 휴대형 전이 마도구를 써서 전이했다.

카즈키 특제 휴대형 전이 마도구는 무려 마도구에 닿아 있기만 하면 전이가 가능했고, 소형화되어 있기는 했지만 세 사람이라도 문제없이 전이할 수 있다고 한다.

그리하여 이번에는 카즈키가 있던 대륙을 셋이서 여행했다.

그 도중에 엘프인 류드밀라와 만났고 류드밀라의 맹렬한 대시를 받아 카즈키는 류드밀라를 세 번째 아내로 맞아들였다.

·················.

뭐어~?

세 번째, 아내?

그다음은 제나와 바우라와 류드밀라, 세 사람의 아내 자랑만 쓰여 있었다.

질색하면서 읽어나간 뒤, 드디어 마지막.

바우라를 떠나보내고, 제나를 떠나보내고, 나는 류드밀라가 지켜보는 가운데 떠나가게 되겠지.

의도치 않게 온 이 세계였지만, 이것만은 말할 수 있다.

세 사람의 아내에게 둘러싸여, 그들과의 사이에서 각기 아이를 하나씩 낳았으니, 나는 행복했다고.

그렇지. 가장 중요한 것을 적어야 했는데 깜빡했네.

이 전이 마도구 말인데, 새로 만든 휴대형 전이 마도구와 이어져 있어.

그것이 놓여 있는 곳은 당연하게도 세 아내의 고향이지.

모두 발견되기 힘든 곳에 놓아두었다.

네가 이걸 가질 자격이 있는 인물이라면, 전이해도 별문제 없으리라 생각해.

그래서, 사용법 말인데.

제나의 고향으로 가는 경우엔 "제나, 사랑해!"

바우라의 고향으로 가는 경우엔 "바우라, 사랑해!"

류드밀라의 고향으로 가는 경우엔 "류드밀라, 사랑해!"

라고 전이 마도구를 향해 외쳐주면 오케이야.

아, 일본어로 해야 해.

··················.

화르르르르르르르————륵.

어째서 네 아내 이름을 말하며 사랑한다고 외쳐야만 하는 건데!

그렇게 소리치고 싶은 것을 입술을 깨물며 참았다.

멍청이, 멍청이, 멍청이!

하아, 하아, 진정해, 진정해라, 나.

후우우.

그나저나 카즈키 자식, 내 앞에 있었으면 반드시 한 대 쳤을 거야.

참고로 이 자식 말인데(이제 이 자식이라고 불러주는 것만으로도 충분해), 마족 대륙의 던전에서 일릭서를 발견해 수명이 세 배 정도 늘어난 모양이었다.

아내 자랑이 이어진 중간에 슬쩍 쓰여 있었다.

그래서 그 일릭서는, 이 녀석의 말에 따르면 불로불사의 비약이거나 한 것이 아니라 실제로는 그 완성도에 따라 상처와 병, 결손 부위 따위를 고치고 수명을 늘리는 약이라고 하는 것이 맞는 모양이었다.

그래서 스이 특제 일릭서는 열화판이라 수명까지는 늘어나지 않았던 거구나.

뭐 그건 그렇고.

이 책, 뭔가 읽어서 손해 본 기분이야.

수면 시간을 아껴가며 읽는 게 아니었어.

하아~.

제 3 장

없었던 셈 치자. 응, 그게 좋겠어.

『어이, 이건 지나치게 소홀한 것이 아니냐?』

『동의~.』

『이것뿐이야?』

모두에게 불평을 듣는 아침 식사.

만들어두었던 소보로 덮밥이지만, 토핑 없이 밥 위에 그저 소보로를 올리기만 했으니 아무래도 지나치게 대충이려나.

어제는 카즈키가 남긴 책을 읽느라 밤을 꼴딱 새우는 바람에 말이지.

잠이 부족해서 피곤하거든.

"그, 그게, 토핑, 위에 얹는 건 원하는 대로 해줄까 싶어서. 그왜, 반숙 달걀이라든가, 노른자만이라든가, 참깨도 뿌려달라든가."

그렇게 말하며 겨우겨우 얼버무렸다.

『정말이냐?』

의심스러운 눈초리로 이쪽을 보는 페르.

"저, 정말이지. 아니, 그보다, 뭐가 좋겠어?"

『흥, 뭐 됐다. 나는 늘 먹는 촉촉한 반숙 달걀이 좋다.』

"반숙 달걀이란 말이지. 알았어. 드라 짱과 스이는 어떤 걸로 할래?"

『나도 페르랑 똑같은 거.』

『스이도, 그리고 고소한 알갱이도,』

페르랑 드라 짱은 반숙 달걀이고, 스이는 반숙 달걀에 고소한 알갱이라는 건 참깨겠지?

인터넷 슈퍼에서 구입해서 빠르게 토핑해주자 모두 만족하며 먹기 시작했다.

나로 말하자면, 데운 레토르트 중국식 죽을 먹었다.

아무래도 밤샘을 한 다음이니까 위가 편한 걸 골랐다.

하아~ 그나저나 완전히 질렸어.

그런 걸 읽게 되다니…….

사용하려면 남의 아내를 사랑한다고 외쳐야만 하다니, 무슨 고문이냐고.

어째서 그런 쓸데없는 설정을 해놓은 거야?

바보 아냐? 카즈키란 사람.

게다가 도착지는 카즈키가 '이걸 가질 자격이 있는 인물이라면, 전이해도 별문제 없으리라 생각한다'라고 쓴 장소라고.

틀림없이 제대로 된 곳이 아닐 게 분명하잖아?

고랭크 마물이 우글대는 숲속이라든가, 던전 최하층이라든가 할 거라고. 확실해.

뭐, 도착한 곳의 전이 마도구를 만지며 일본어로 '전이'라고 말하면 곧바로 내가 이번에 구한 전이 마도구가 있는 곳으로 돌아온다는 내용이 마지막의 마지막에 슬쩍 쓰여는 있었지만.

아니, 그래도 쓸 예정은 없다고.

애초에 어째서 다른 대륙에 가야만 하는 건데?

분명 이세계를 여행하며 다니고 싶다고는 생각했지만, 이 대륙에만 해도 가본 적 없는 곳이 잔뜩 있다고.

이 레온하르트 왕국의 옆에 있는 엘만 왕국조차 아직 가본 적이 없는데, 일부러 다른 대륙에까지 가야 할 이유가 없잖아.

싫다고. 당연하잖아.

아하핫.

애초에 그 석판, 다른 것과 비교해도 소홀하게 다뤄진 물건이었잖아.

위에 다른 마도구가 겹겹이 쌓여 있었을 정도니까.

일단 다양한 보물이랑 함께 놓여 있기는 했지만, 도둑 왕은 석판이 뭔지 몰랐던 거 아닐까?

석판이 어떤 마도구라는 것은 아무래도 알았을 테지만, 전이마법진을 이해하는 사람 자체가 적은 상황에서 석판에 쓰인 저 복잡한 마법진이 무엇인지 알았을 거라고는 생각되지 않는걸.

뭐, 아무튼. 그 정도로 소홀히 다뤄졌던 물건이었으니까 처음부터 없었던 셈 쳐도 괜찮을 거라고 봐.

페르와 드라 짱과 스이한테 들키기라도 하면 시끄러워질 테니, 그게 제일이야.

특히 페르가 마족의 대륙이란 걸 알았다간『지금 당장 가자』같은 말을 꺼낼 게 틀림없으니까.

그런 일이 될 바에야 없었던 셈 치는 편이 무조건 더 나아.

응, 그렇게 하자.

전이 마도구도 카즈키의 책도 없어.

그런 건 처음부터 없었던 거야.

『어이, 아까부터 혼자서 뭘 중얼대고 있는 것이냐?』

"어? 아, 아무것도 아냐."

『정말이지, 정신을 못 차리는구나. 아까부터 밥을 더 달라고 몇 번이나 말을 했다.』

『페르 말대로라고! 정말이지..』

『밥 더 먹고 싶어.』

"미안, 미안. 지금 바로 줄게."

나는 서둘러 소보로 덮밥을 모두에게 내주었다.

『어이, 정말로 괜찮은 것이냐? 어제도 늦게까지 깨어 있던 것 같던데?』

페르가 우걱우걱 소보로 덮밥을 먹으면서 그렇게 물었다.

"아, 그럼, 괜찮지. 어제는 잠이 좀 안 왔을 뿐이야."

이것도 저것도 다 이상한 걸 남긴 카즈키 탓이다.

중요한 수면 시간을 돌려달라고. 정말이지.

아니, 그런 건 이제 됐다 치고.

"밥을 다 먹으면 처음 예정대로 카레리나로 갈 거야."

얼른 집에 돌아가서 푹신푹신한 침대에 누워 느긋하게 자고 싶다고.

"보인다!"

그리운 카레리나의 모습이 보이기 시작했다.

데미우르고스 님의 신탁으로 도둑 왕의 보물을 발견한 후의 여로는 매우 순조로웠다.

페르가 빠르게 달리기도 해서, 갈 때보다 짧게 걸렸을 정도였다.

모험가 길드 카드를 보여주고 천천히 카레리나의 입구를 통과했다.

문지기 병사도 이제는 익숙해졌는지 페르와 드라 짱의 모습을 보고도 놀라거나 하지 않았다.

도시로 들어선 우리는 마이 홈을 향해 걸음을 서둘렀다.

"여어."

오늘 경비는 바르텔과 페이터 두 사람인 모양이었다.

"다녀왔어. 내가 없는 동안 별일 없었어?"

"오오! 어서 오게. 이쪽은 평화로웠어. 뭐, 굳이 말하자면 가르치는 일이 이렇게 힘든 줄 몰랐다는 거려나."

"아, 공부도 제대로 하고 있구나."

여행을 떠나기 전에 내가 제안했던 것을 잘 지키고 있었나 보다. 좋은 일이야.

"뭐, 그렇지. 코스티도 타바사도 의욕을 보이고 있으니까. …… 하지만, 그 바보 쌍둥이는 잘못 아는 글자도 제법 많아서 교정하느라 고생깨나 했다네."

"응, 그 두 사람, 글자는 읽을 수 있으니까 쓰는 게 조금 모호해도 괜찮다고 마지막까지 저항했었어……. 가르쳐주니까 순순히 배우면 될 텐데."

"하하하, 그 쌍둥이는 정말. 척 보기에도 공부를 싫어할 것 같으니까."

"으하하핫, 그 말이 맞군. 하지만 페이터는 열심히 했다네. 셈쪽은 아직 부족하지만, 그 두 사람과 달리 노력하고 있으니 말이야. 읽기는 이제 제법 할 수 있게 되었고, 쓰기도 간단한 거라면 문제없을 정도로는 쓸 수 있게 되었지."

"호오, 열심히 했구나."

"모처럼 생긴 기회니까."

커다란 체구의 페이터가 쑥스러운 듯이 수줍어하며 그렇게 말했다.

"앗, 그렇지. 선물 사 왔으니까, 오늘은 지금부터 다 함께 연회를 할 거야. 두 사람도 와."

"음, 경비 일은 어쩌고 말인가?"

"아, 페르랑 애들이 있으니까 괜찮을 거야. 페르의 모습을 보고 우리가 돌아왔다는 걸 알면서도 여기 들어올 도둑이 있을 것 같진 않기도 하고."

내가 그렇게 말하자 "확실히" 하고 바르텔과 페이터가 수긍했다.

"어서 들어가자. 고기 던전에서 사냥해 온 맛있는 고기랑 그곳 포장마차에서 사 온 음식 같은 게 여러 가지 있거든."

『음, 포장마차에서 산 꼬치구이 같은 건가. 나도 먹겠다.』

『나도 먹을래!』

『스이도!』

"네네, 너희 몫도 빈틈없이 준비해놨으니까 걱정하지 마."

돌이 깔린 길을 잠시 나아가자 드디어 우리 집이 보이기 시작했다.

그리 오래 산 건 아니지만, 그래도 역시 내 집이다.

집에 돌아왔다고 생각하자 감개가 무량했다.

"아, 무코다 오빠다! 어서 와!"

집 앞 정원에서 놀던 롯테가 내 모습을 보고 달려왔다.

"롯테, 다녀왔어. 롯테가 기대하던 고기 선물도 잔뜩 가져왔거든! 오늘은 다 함께 그 고기로 파티를 열 거야."

"만세!"

고기라는 말에 롯테가 기뻐하며 폴짝폴짝 뛰어올랐다.

"아, 그렇지! 무코다 오빠가 돌아왔다는 걸 모두에게 알리고 올게."

그제야 생각났다는 듯이 말한 롯테가 안채 뒤쪽의 사용인 집을 향해 달려갔다.

잠시 지나자 반가운 얼굴들이 전부 나왔다.

모두 변함이 없어서 조금 안심했다.

"다녀왔어."

"이게 있으면 만드는 건 그 전골이지."

내 눈앞에 있는 것은, 겉잎이 선명한 녹색에 묵직해 보이는 아주 잘 키운 배추였다.

이건 앨번이 안채 뒤쪽에 있는 밭에서 키운 것이다.

앨번이 "무코다 씨께 받은 씨로 키운 이 잎채소가 아주 맛있어서 모두에게도 호평이랍니다"라고 하기에 양배추나 양상추를 말하는 건가? 했는데, 자세히 들어보니 아무래도 다른 듯했다.

마침 밭에 있다고 하기에 뽑아다 달라고 해서 보니, 그건 바로 배추였다.

로센달로 가기 전에 앨번에게 건넨 씨앗 중에 배추가 있었나 보다.

무슨 씨를 줬는지 잘 기억나지 않는데, 배추씨를 줬는지도 모르겠다.

씨는 그때 뿌리고 남은 것과 적당히 인터넷 슈퍼에 있던 것을 사서 봉투째 건넸었으니까.

아무튼, 그래서 자란 것이 배추였다는 것이다.

오늘 파티에는 던전 돼지나 던전 소 고기를 써서 모두가 먹을 요리를 하나 만들려던 참이었는데, 마침 잘됐다.

이 잘 자란 배추와 고기를 보고 번뜩 떠오른 요리는 바로 배추와 던전 돼지 삼겹살로 만드는 밀푀유 전골이었다.

전에도 모두에게 전골을 만들어준 적이 있고, 다 함께 먹기에도 딱 좋으니까.

그런고로, 여성진의 도움을 받아 준비하기로 했다.

"무코다 오빠, 이렇게?"

"맞아 맞아, 잘하네."

내가 그렇게 칭찬하자 싱긋 웃는 롯테.

배추와 삼겹살 밀푀유 전골은 간단하니, 본인도 돕겠다며 의욕을 내는 롯테에게도 도움을 받기로 한 것이다.

해야 할 일은 간단하다.

한 장씩 벗겨낸 배춧잎 위에 얇게 저민 던전 돼지 고기를 겹쳐놓기만 하면 된다.

내 손을 움직여 시범을 보이며 설명하자 롯테와 테레자, 아이야와 세리야가 그대로 흉내 내서 똑같이 배춧잎과 고기를 겹쳐놓았다.

배추와 고기 겹쳐놓기를 세 번 정도 반복한 다음엔 5센티미터 정도의 폭으로 잘라 냄비에 빈틈이 없도록 채워 넣는다.

그 뒤엔 과립 육수를 넣고 배추 표면이 찰랑찰랑하게 잠길 정도로 물을 붓고 끓이면 완성이다.

먹을 때는 취향에 맞는 소스를 찍어 먹는다.

추천하는 것은 폰즈와 참깨 소스.

폰즈는 산뜻하게 먹을 수 있고 참깨 소스는 진한 참깨의 풍미가 담백한 배추와 고기와 잘 맞는다.

양쪽 모두 꼭 맛보아주었으면 싶을 만큼 맛있다.

다음은, 마찬가지로 배추와 삼겹살 밀푀유 전골이지만 된장 맛으로.

이건 분명 된장을 넣어도 맛있으리라고 생각해서 육수를 부어

끓이는 대신에 된장 맛 전골 양념으로 만들어 보았는데, 엄청나게 맛있었거든.

내가 언제나 쓰는 것은 칼칼한 된장 전골 양념이다.

이건 살짝 칼칼한 된장 맛이 배추에 배어들고 고기와도 어우러져서 아주 맛있단 말이지.

이런, 생각했더니 군침이…….

아무튼, 많은 재료가 필요하지 않고 간단해서 양쪽 모두 만들어보았다.

선물인 포장마차에서 산 꼬치구이 등을 담은 접시와 완성된 전골을 여성진과 함께 스무 명 정도 앉을 수 있는 긴 테이블 위에 차려놓았다.

물론, 페르와 드라 짱과 스이 앞에도 같은 걸 내주었다.

"다 됐어."

"오오, 기다렸습니다!"

까불까불한 바보 쌍둥이, 루크와 어빙이 제일 먼저 자리에 앉았다.

그런 두 사람을 보며 머리를 감싸 쥐는 타바사.

"너희는 아무리 나이를 먹어도 차분하지를 못해서 누나로서 정말이지 부끄럽다. 저 세 사람을 좀 봐. 너희 같은 것보다 훨씬 차분하잖아."

그렇게 말하면서 타바사가 토니가의 코스티 군과 앨번가의 올리버 군, 엘릭 군을 보았다.

그러나 쌍둥이에게는 쇠귀에 경 읽기였다.

"아, 또 누님의 잔소리가 시작됐어~."

"하하, 늘 있는 일이잖아. 무시해, 무시."

"그렇지?"

그런 소리를 했다간 또……

"말대꾸하지 마!"

꾸웅, 꼬옹——

"아팟!"

"아얏!"

타바사의 주먹이 쌍둥이의 정수리에.

바르텔이 "정말이지 너희는 지겹지도 않으냐……"라며 기가 막힌다는 표정을 지었고, 페이터도 말은 하지 않았지만 응응하고 고개를 끄덕였다.

변함없는 쌍둥이의 모습에 나도 쓴웃음을 지으며 모두를 자리에 앉혔다. 그 순간, 등 뒤에서 불온한 기운이.

뒤돌아보니 배추와 삼겹살 밀푀유 전골을 노려보며 기분이 상한 듯 코를 찡그리고 있는 페르의 모습이 보였다.

"페르, 왜, 왜 그래?"

『왜 그러느냐고? 몇 번이나 말하지 않았느냐. 나는 풀때기가 싫다고!』

"아아, 뭐야. 그거였어?"

『뭐야. 그거였어? 라니. 뭐냐?!』

"잠깐, 얼굴이 너무 가깝잖아."

압박해 오는 페르의 얼굴을 밀어냈다.

"페르는 채소가 싫다고 말은 해도 못 먹는 건 아니잖아."

때때로 채소가 싫다고 말하지만, 페르는 일단 주면 언제나 상당한 양을 날름 먹는단 말이지.

『그건 그렇지만, 역시 고기가 좋다! 알겠느냐?!』

"네네, 알았습니다."

『자, 자, 그만 그만. 페르도 그렇게 화내지 마. 나도 고기가 적다고 생각은 하지만, 이건 이것대로 맛있다고. 여기 이 살짝 새콤한 소스에 찍어서 먹으면 꽤 먹을 만해.』

『스이는 있지, 이쪽 고소한 소스가 좋아.』

고기를 좋아하기는 하지만 채소도 싫어하지는 않는 드라 짱과 스이는 배추와 삼겹살 밀푀유 전골을 우걱우걱 먹고 있었다.

"저기, 페르. 꼬치구이 쪽은 전부 고기고 하니까 오늘은 좀 참아줘."

『흥. ············내일은 고기다. 고기로만 차린 밥이다.』

페르는 그렇게 내뱉고 우걱우걱 칼칼한 된장 맛 배추 삼겹살 밀푀유 전골을 먹기 시작했다.

뭐야. 꽤 잘 먹잖아.

그렇게 생각했지만, 입 밖으로 내지는 않았다.

말하면 페르가 또 삐칠 테니까.

"그럼, 우리도 먹죠."

아이들에게 "모두 사양 말고 원하는 걸 가져가"라고 말하자 역시 제일 먼저 움직인 것은 롯테였다.

"롯테, 이거 먹을래!"

그렇게 말하며 손을 댄 것은 롯테가 만드는 걸 도왔던 육수로 끓인 전골이었다.

"그건 말이지, 여기 있는 두 가지 소스 중 하나에 찍어 먹는 거야."

"오오. 그럼 처음엔 이걸 찍어서 먹어볼래!"

롯테는 그렇게 말하고 폰즈에 찍어 한입 가득 입에 넣었다.

작은 입을 오물오물 움직이고 꿀꺽 삼켰다.

"맛있어! 살짝 새콤한 게 아주 좋아!"

"그건 폰즈라고 해. 이 전골이랑 아주 잘 어울리지?"

"응!"

"자, 자. 다들 어서 먹어."

그렇게 말하자 차마 음식에 손을 대지 못하고 있던 모두가 겨우 전골을 먹기 시작했다.

토니 일가와 앨번 일가는 가족끼리 화기애애한 분위기로 맛있게 먹고 있고, 경비 담당인 타바사 일행은 말없이 우걱우걱 먹고 있었다.

아니, 너희 그렇게 굶주렸던 거야?

"그렇지. 이걸 안 꺼냈네."

어른들에게는 캔 맥주를, 아이들에게는 페트병에 담긴 오렌지 주스를 꺼내주었다.

모두에게는 전에도 준 적이 있기 때문에 위장할 필요도 없다.

캔 맥주를 보고 기쁘게 반응한 것은 드워프인 바르텔이었다.

"역시 무코다 씨야. 뭘 좀 아는구먼."

그렇게 말하며 익숙한 손놀림으로 캔 맥주 뚜껑을 따서 꿀꺽꿀꺽 들이켰다.

"크으~ 맛있어!"

진심이 담긴 그 말에 다른 이들도 캔 맥주를 차례차례 땄다.

물론 나도 캔 뚜껑을 따고 꿀꺽꿀꺽 맥주를 마셨다.

"하아~ 맛있어. 역시 전골에는 맥주지."

절절하게 그렇게 말하자 어째선지 맥주를 손에 든 다른 이들도 고개를 끄덕였다.

이 세계 인간도 전골과 맥주 조합에는 납득할 수밖에 없다는 뜻 이겠지.

"그나저나, 이 고기도 분명 좋은 고기겠지?"

타바사가 그런 말을 꺼냈다.

"응? 그렇지도 않아. 고기 던전의 던전 돼지거든."

내 아이템 박스에는 던전 돼지 고기가 잔뜩 들어 있다고.

그건 던전 소도 마찬가지지만.

"던전 돼지? 그 고기가 이렇게나 맛있었던가?"

"내 기억에는 좀 더 퍽퍽했던 것 같은데……. 물론 맛이 없던 건 아니었지만."

그렇게 말하며 루크와 어빙이 고개를 갸웃거렸다.

"그렇겠지. 던전 돼지라고 해도 상위종 고기니까."

대수롭지 않게 그리 말하자 전 모험가들이 "상위종?!"이라며 놀랐다.

그리고 보니 전에 모두에게 전골을 대접했을 때도 록 버드 고 기라고 말했더니 놀랐었지.

"무코다 씨, 그런 좋은 고기를 내놓으면 안 되잖아. 우리 일단은 노예라고."

"우리는 맛있는 걸 먹을 수 있어서 기쁘지만, 보통은 없는 일이야."

"그렇지. 있을 수 없는 일이지."

"아니, 우리 모험가 시절보다도 확실히 좋은 걸 먹고 있는 거 아닌가."

"응."

타바사도 루크도 어빙도, 게다가 바르텔과 페이터도 살짝 어이없다는 표정이다.

고기 던전산 고기는 보는 것도 먹는 것도 처음인 토니 일가와 앨번 일가는 무슨 이야기인지 이해하지 못하고 멍하니 있었다.

"뭐, 됐어. 모두의 생각보다 대량으로 갖고 있으니까."

그렇게 말하면서 내 뒤에 있는 페르와 드라 짱과 스이를 힐끗 보자 전 모험가 다섯 명은 눈치를 챈 기색이었다.

"응, 뭔가 페르 님 일행이 희희낙락하며 사냥하는 모습이 눈앞에 그려졌어……."

"그러게……."

우리 아이들과 함께 오크 사냥을 갔던 사이인 루크와 어빙이 먼 눈을 하고서 그렇게 중얼거렸다.

"드롭 아이템이 고기였으니까. 모두 의욕이 넘쳤지……. 의욕이 넘친 나머지 던전 돼지 상위종도 던전 소 상위종도 전부 사냥해버렸거든…………."

정말이지 드롭 아이템인 고기를 줍는 게 엄청 힘들었어…….

"던전 돼지 상위종……."

"던전 소 상위종……."

"그걸 전부 사냥했다니……."

전 모험가 다섯 명이 내 이야기를 듣고 얼굴에 경련을 일으켰다.

"저기 있지, 무코다 오빠랑 모두는 안 먹어?"

롯테가 의아하다는 듯이 우리를 보며 그렇게 물었다.

"응? 먹을 거야. 자, 그러니까 걱정할 것 없어. 모두 어서 먹어."

"하아~ 무코다 씨와 페르 님들을 평범한 모험가랑 똑같이 생각한 게 잘못이었어."

"응? 뭐? 그건 페르랑 애들만 그렇지. 타바사, 나를 거기에 포함시키는 건 잘못됐어. 나는 지극히 평범해."

"아니 아니, 포함되지."

"그러게 말이야."

"누가 뭐래도 무코다 씨는 페르 님들의 주인이 아닌가."

"그러니까."

일대일이라면 나는 아마 너희한테도 질 텐데.

『어이, 더 다오.』

『나도.』

『스이도.』

"하아, 빠르기도 하네. 그보다, 어느 분께선 그렇게 불만을 늘어놓고 더 드시는구나."

『뭐라고 했느냐?』

"아무것도 아닙니다. 더 줄 테니까 잠깐만 기다려."

곧바로 페르와 드라 짱과 스이에게 줄 음식을 준비하는 나를 보며 타바사와 루크와 어빙, 바르텔과 페이터가 어째선지 저것 좀 보라는 얼굴로 고개를 끄덕이고 있었다.

"역시 무코다 씨도 포함된다니까. 페르 님한테 저런 말을 아무렇지 않게 할 수 있는 용기를 가진 사람은 무코다 씨뿐일 테니까."

"그 말이 맞아."

아니 아니, 나는 절대로 포함되지 않거든?

왠지 받아들일 수 없다고.

◇　◇　◇　◇　◇

즐거운 잔치도 끝나고, 드라 짱과 스이와 함께 느긋하게 목욕을 하며 피곤을 풀었다.

이제 잠자리에 들기만 하면 된다.

페르와 드라 짱과 스이는 일찌감치 꿈나라로 떠났다.

하지만 나한테는 아직 한 가지 해야만 할 일이 있었다.

데미우르고스 님께 공물 바치기다.

일주일에 한 번이라고 정했는데, 이번에는 여행 중이기도 해서 조금 늦고 말았다.

물욕 넘치는 어떤 신들과는 달리 늦었다고 해서 데미우르고스 님이 화낼 거라고는 생각하지 않지만, 사죄의 뜻으로 늘 바치는 일본 술과 프리미엄 통조림 안주를 평소보다 조금 더 담았다.

그리고 리큐어 샵 다나카에서 매실주 특집을 진행하고 있기에 매실주도 함께 구입해 보았다.

글쎄, 과일 맛이 느껴지는 데다가 마시기도 쉬워서 최근엔 여성만이 아니라 남성 사이에서도 매실주 애호가가 늘어나는 중이라 특집이 진행된 모양이었다.

매실주 추천 순위가 있기에 이번에도 순위 중에서 골랐다.

여기선 따질 것 없이 베스트 3에 들어가는 세 병으로.

3위는 스파클링 타입의 마치 샴페인 같은 매실주.

자사가 생산한 장미향도 첨가되어 있는지, 희미한 장미향도 감돌아서 고급스러운 느낌이 넘치는 매실주라고 한다. 병도 매실주라기보다는 샴페인 같은 멋스러운 느낌이라 선물로도 좋아 보였다.

2위는 동그란 병이 특징적인 브랜디를 베이스로 한 매실주다.

브랜디를 베이스로 해서 시간과 공을 들여 만들었기에, 묵직한 목 넘김을 부디 찬찬히 맛보아주길 바란다고 쓰여 있었다.

그리고 1위는 일본 제일의 매실 생산지인 와카야마현에서만 만들 수 있는 귀한 완숙 매실을 원료로 한 매실주.

매실의 본고장 와카야마산이기도 해서인지 매실주 대회에서도 우승했던 적이 있고, 매실 향과 산미와 단맛을 최대한으로 끌어낸 농후하면서도 고상한 맛의 매실주라고 한다.

나는 매실주라고 하면 바로 떠오르는 유명한 메이커의 매실주밖에 마셔본 적이 없기 때문에 이렇게나 다양한가 싶어서 깜짝 놀랐다.

매실주라고 하면 화이트 리큐어 같은 소주나 일본 술로 담그는 거라고만 생각했는데, 브랜디나 위스키를 베이스로 하는 것까지 있어서 실로 흥미롭게 구경했다.

　이것저것 구경하는 사이에 나도 마시고 싶어져서 그만 순위 베스트 3를 내 몫까지 사버렸다.

　맛이 기대된다.

　아니, 내 건 제쳐두고. 공물이 다 갖춰졌으니 어서 바쳐야지.

　빠진 건 없는지 내용물을 확인한 다음 종이 상자째 놓고……

　그리고 오늘 먹은 배추와 던전 돼지 밀푀유 전골 두 종류도 폰즈와 참깨 소스를 더해서 함께 준비했다.

　"데미우르고스 님, 조금 늦어졌지만 부디 받아주십시오. 배추와 던전 돼지로 만든 밀푀유 전골도 함께 드리니 맛봐 주십시오."

　『오오~ 괜찮네. 신경 쓸 것 없어. 이렇게 공물을 주는 것만으로도 나는 기쁘다네. 전골도 함께라니 고맙군. 그럼 잘 받겠네.』

　그 말과 함께 옅은 빛을 내며 공물이 사라져갔다.

　"맑은 국물 쪽 전골은 함께 보낸 병에 담긴 폰즈나 참깨 소스를 찍어서 드셔주십시오. 다른 하나는 된장 맛 국물로 끓인 거라, 그대로 드시면 됩니다."

　『오호라, 좋은 냄새가 나는군. 얼마나 맛있을지 기대가 되네.』

　"그리고 평소 보내드리는 일본 술 외에, 매실이라는 과실로 담근 매실주라는 술도 보냈으니 맛봐 주십시오."

　『과실주인가. 싫어하지 않는다네. 이것도 맛볼 것이 기대되는군. 후, 후, 후.』

데미우르고스 님의 호탕한 웃음소리가 들려왔다.

"그리고 말이지요. 지난번에 데미우르고스 님께서 가르쳐주셨던 산에 가봤습니다만……."

나는 산에 도둑 왕의 보물이 있었던 것과 그중에서 같은 고향 출신의 현자 카즈가 만든 전이 마도구를 발견했다는 것을 이야기했다.

"데미우르고스 님은 제게 이 전이 마도구를 찾게 하려고 산으로 가라고 말씀하셨던 거죠?"

이런 위험한 물건은 없었던 셈 치자고 생각했지만, 잘 생각해보면 산으로 가라고 말한 것은 데미우르고스 님이고, 그렇다는 것은 내게 이걸 찾으라는 뜻이 아니었을까 싶어졌던 것이다.

그렇게 판단한다면 없었던 셈 칠 수도 없다.

데미우르고스 님의 의도는 나, 아니 우리에게 마족의 대륙으로 가라는 것일지도 모르고.

『그, 그래. 그것도 있지.』

'전이 마도구라고? 그 안에 그런 게 있었던가?'

"역시……. 그럼 저희한테 마족의 대륙으로 가라는 말씀이신가요?"

'마족의 대륙이라고? 전이 마도구 같은 게 있었다는 것도 완전히 잊어버리고 있었는데, 가라고 할 리가 없지 않은가. 하지만 그런 게 있었다면 확실히 의심할 만하지. 뭐라 대답해야 좋을지……. 그래, 이건 적당히 그럴듯한 말을 해서 빠져나가야겠어.'

『그, 그렇지는 않다네. 가든 말든, 자네 마음대로 하면 될 일일

세. 그걸 자네에게 맡긴 것은, 그러니까 그게…… 가, 같은 고향 사람인 자네가 물려받는 것이 제일 좋은 일이라고 생각했기 때문이라네. 그럼.』

"그런 겁니까? 그럼, 가지 않는다는 선택도 괜찮은 건가요?"

『물론일세.』

'나와 그 녀석들에게 성실하게 공물을 바치는 자네에게 약간의 답례를 하려던 것뿐이라네.'

"다행이다. 안심했습니다."

『그래, 자네는 자유롭게 살아가면 되네. 우리는 언제나 지켜보고 있을 테니까. 그럼 다음에 보세나.』

그 말과 함께 신의 통신이 뚝 끊겼다.

"후우, 다행이다."

데미우르고스 님이 내 자유라고 말씀하셨으니까, 무리해서 갈 필요는 없을 것 같다. 그럼 없었던 셈 치고 이대로 페르와 드라짱과 스이에게는 비밀로 해두자.

오늘 밤은 푹 잘 수 있을 것 같다.

이불 속으로 들어가자 바로 의식이 아득해져 갔다.

『어이, 뭘 하고 있는 것이냐?』

"응? 아아. 그 왜, 오늘 모험가 길드에 간다고 했잖아. 가는 김에 도둑 왕의 보물을 팔까 하는데, 그 전에 마도구만큼은 감정을 해둘까 싶어서. 감정해서 쓸 만한 게 있으면 그건 그냥 갖고 있어도 괜찮지 않을까 해."

마당에 나와서 도둑 왕이 가지고 있던 마구도를 아이템 박스에서 꺼내 감정하고 있으려니 페르가 나타났다.

"드라 짱과 스이는 뭐 하고 있어?"

『낮잠이라고 할까, 아침잠을 자고 있다. 아침밥을 먹고 배가 불러서 졸음이 쏟아진 걸 테지.』

"하하, 평화롭네."

『그래서, 감정은 다 끝난 거냐?』

"이거 하나 했어."

나는 가로세로 2미터 정도 되는 판 한 장에 마법진이 그려진 마도구를 가리켰다.

"차음 마도구래. 이걸 기동시키면, 여기에 그려진 마법진 안의 소리가 일절 새어 나가지 않는대."

페르가 미묘한 표정을 지었다.

『……그런 걸 어디에 쓴다는 거냐?』

"뭐, 절대 다른 사람에게 들려줄 수 없는 이야기를 할 때는 도움이 되지 않을까?"

일단 마도구니까, 비싼 물건이긴 할 터였다.

전혀 갖고 싶지는 않지만.

"다른 것도 있으니까, 일단 감정해보자고."

『나도 마도구에는 다소 흥미가 있다. 함께하지.』

나와 페르 둘이서 마도구를 감정해나갔다.

미묘한 것들이 많았지만, 쓸 만한 것도 있었다.

큼직한 불구슬(파이어 볼)을 내보내는 석판형 마도구라든가, 마물이 다가오지 않는 마도구 같은 건 솔직히 쓸모가 없었다.

사역마들이 있는 데다가 불 마법은 나도 쓸 수 있기 때문에 새삼 불구슬(파이어 볼)이 나오는 마도구 같은 건 필요가 없었다.

마물이 다가오지 않는 마도구도 고랭크 마물에게는 효과가 별로 없는지라 솔직히 그다지 도움이 되지 않을 듯했다.

물동이처럼 생긴 마도구는 물이 솟아 나와 언제나 가득 차 있는 물동이로, 이건 쓸 만할 것 같아서 앨번가에 설치할까 한다.

모두의 식사는 테레자가 주도해서 만드는 일이 많은지, 여성진은 앨번가에 모여서 작업하는 모양이니까.

우물에서 물을 푸는 것도 고생이니까 이게 있으면 조금은 편해질 테지.

다음은 상자형 얼음 마도구. 말하자면 제빙기 같은 것도 있었다.

이건 쓸 만하려나 싶었는데, 페르의 감정에 따르면 만들 수 있는 양이 적은 데다가 얼음이 만들어지기까지 시간도 걸린다고 해서 팔기로 했다.

다른 마도구도 나와 페르 둘이서 감정해봤는데, 우리한테는 도움이 될 만한 것이 없었다.

물의 칼날(워터 커터)이 나오는 마도구라든가, 마도 버너라든가.

마도 버너 같은 경우는 화구가 하나밖에 없는 데다 세세하게 화력을 조절할 수 없는 물건이라 내가 가진 마도 버너의 발끝에도 못 미치는 싸구려인 듯했다.

그리고 드디어 마지막 마도구다.

상당한 시간이 흘렀을 터인데도 전혀 낡아 보이지 않는 정교한 목각 장식이 된 가로세로 1미터 정도의 네모난 나무 상자.

측면에는 손잡이가 달린 문이 있었다.

이건 조금 기대를 해도 되려나.

"이걸로 끝이야."

『이게 끝이라고? 더 있었던 것 같은데 말이다.』

움찔.

예의 전이 마도구는 물론 꺼내지 않았다.

마도구는 그다지 많지 않아서 들킨 건가?

"아닌데~, 이걸로 끝이야."

『그런가. 뭐 됐다. 마지막은 내가 감정해보겠다.』

"으, 으응. 부탁할게. 페르 쪽이 자세하게 나오니까."

후우, 세, 세이프.

『…………음, 이건 음식을 식히는 마도구인 듯하다. 그렇게 해서 음식의 부패를 막는 모양이구나.』

"음식을 식힌다는 건, 냉장고구나! 마도 냉장고라니~. 잘됐다. 잘됐어. 이건 쓸 수 있겠어!"

『그런 거냐?』

"그래. 다양하게 쓸 수 있지. 특히 고기를 양념에 재우거나 할 때는 상온에 방치했었으니까 신경이 쓰였었거든. 이 나라는 넓어서 장소에 따라서는 좀 뜨거운 곳도 있고 하니까. 냉장고가 있으면 고기가 상할 걱정도 없어. 게다가 푸딩이나 젤리 같은 간단한 디저트도 이걸로 만들 수 있게 될 거야."

『오호라, 그거 좋구나. 그래, 바로 그걸 써서 고기를 요리해라.』

"아니, 오늘은 예정이 꽉 차 있다고. 내일 해줄게."

『크음, 약속한 거다.』

"네네, 알았습니다. 그럼, 모험가 길드로 가볼까."

오랜만에 나와 페르는 카레리나의 모험가 길드를 방문했다.

드라 짱과 스이는 아직 자고 있어서 집에 두고 왔다.

"오오, 돌아왔나!"

카레리나 모험가 길드의 길드 마스터, 빌렘 씨가 나와 맞아주었다.

"오랜만입니다. 다녀왔습니다."

"하핫, 어떤가? 응?"

덥수룩해진 머리카락을 매만지며 "어떤가?" 하고 묻는 길드 마스터.

좋아서 자랑하고 싶은 마음인 건 알지만, 조금 짜증 나네요.

"아, 순조로운 것 같아 다행입니다."

"그래. 그 샴푸와 발모제 덕분에 이렇게 순조로울 수가 없네! 덕분에 소문의 중심이 되었지."

글쎄, 내가 마을을 떠나 있는 사이에 길드 마스터의 너무나도 달라진 모습을 보고 옛 친구이자 전 고랭크 모험가에게 끈질기게

"뭘 쓴 거냐?"라는 질문을 받았고, 심지어는 소문을 듣고 실제로 이 도시까지 걸음을 한 사람도 있었다고 한다.

길드 마스터도 옛 친구의 너무나도 끈질긴 질문에 곤란해진 나머지 람베르트 씨에게 상담을 했다고 한다.

그렇게 길드 마스터가 보아도 경제적으로 문제가 없는(요컨대 대금을 제대로 낼 수 있는가 하는 거겠지) 고랭크 모험가에 한해서, 길드 마스터를 경유해 구입할 수 있게 된 모양이었다.

다만 그 판단은 확실하게 해야 한다고 람베르트 씨에게 거듭 당부를 받았다고 한다.

나로서는 【신약(神藥) 모발 파워】 판매에 큰 역할을 담당해줘서 감사하지만.

"아무튼, 오늘은 돌아왔다는 보고와 좀 매입해주셨으면 하는 게 있어서요."

"또 뭔가 저지른 겐가?"

"저지르다니 실례잖아요. 모험가답게 모험하고 구한 겁니다."

응, 거짓말은 아니라고.

"뭐, 알겠네. 그럼 내 방에서 이야기를 들어볼까."

길드 마스터와 나와 페르는 2층에 있는 길드 마스터의 방으로 향했다.

방에 들어가자 페르는 관여하지 않겠다는 듯이 몸을 둥글게 말고 잠들어버렸다.

나는 직원분이 끓여준 차를 홀짝이면서 길드 마스터에게 로센달에서 돌아오는 길에 구한 도둑 왕의 보물에 관해 이야기했다.

"……그러한 연유로, 도둑 왕의 보물을 구한지라 그중에서 몇 가지를 팔까 합니다. 저기, 길드 마스터?"

내 이야기를 듣던 길드 마스터는 입을 떡 벌리고 아연실색했다.

"저기……."

"헉, 또 자네가 엄청난 일을 해줘서 정신을 놓고 말았네. 정말이지, 자네라는 사람은……. 도둑 왕의 보물이라면 옛날부터 다수의 모험가가 찾아다니던 보물이란 말일세."

뭔가 미묘한 얼굴로 길드 마스터는 그렇게 말했다.

"네에, 그런가요?"

나로서는 그렇게 대꾸할 수밖에 없다.

찾아버린 걸 어쩌겠어.

게다가 신의 신탁이 있었기 때문이고.

"그래서, 무얼 팔 생각인가?"

"그게 그러니까, 도둑 왕의 보물 대부분은 금화와 귀금속이라서. 그 이외의 무기와 방어구와 마도구일까요? 귀금속도 매입해 주신다면 부탁드리고 싶습니다만."

"귀금속이라. 사려고 하면 못 살 것도 없겠지만, 던전 도시나 왕도에서 파는 편이 이익일 걸세."

던전 도시에는 던전에서 나온 귀금속을 노린 전문 상인이 모여들고, 왕도는 귀족님이 많기도 해서 수요가 많다.

카레리나 같은 지방 도시에서는 귀금속 수요가 그다지 많다고는 말할 수 없는 듯했다.

흐음, 그런 건가.

"그럼, 던전 도시에 갈 때 파는 걸로 하겠습니다. ……그렇지. 부탁드리고 싶은 게 있는데요."

어차피 공짜로 구한 물건이고 팔 수밖에 없는 물건이라면, 이건 왕에게 헌상해두는 것도 방법이겠다 싶었다.

그 뜻을 길드 마스터에게 전하자, 어차피 도둑 왕의 보물을 발견한 것은 왕도에 있는 이 나라의 모험가 길드 본부에도 보고해야만 하니 본부를 통해서 왕궁에도 연결을 해주겠다고 했다.

"자네 이름을 대면 왕궁도 싫다고는 안 할 걸세. 그래서, 어떤 귀금속을 헌상할 텐가?"

"후보는 이 세 개입니다."

크고 작은 다이아몬드가 여럿 장식된 미스릴제 티아라와 마찬가지로 작은 다이아몬드가 아로새겨진 틀에 커다란 루비가 박힌 미스릴제 체인 펜던트. 그리고 훌륭하게 조각된 틀에 커다란 사파이어가 올려진 금반지.

이 세 개와 드라 짱에게 주려고 했던 미스릴 체인에 커다란 다이아몬드가 달린 목걸이가 이번에 구한 귀금속 중에서도 눈에 띄게 호화로운 물건이었다.

알이 큰 다이아몬드 목걸이는 드라 짱이 필요 없다고 했지만 싫어하지는 않는 것 같아서 만약을 위해 그냥 두기로 했다.

"장신구에 관해서는 완전 문외한이지만, 비싸 보인다는 것만큼은 알겠군……. 그래서, 어느 걸 헌상할 텐가?"

솔직히 세 개 다 헌상해도 상관없는데.

나는 이런 장신구에는 흥미가 없어서, 결국 돈으로 바꿀 물건

일 뿐이고.

흐음………… 그래, 앞으로도 잘 부탁드린다는 의미를 담아서 세 개 모두 헌상하자.

"세 개 다 헌상하겠습니다."

"이, 이걸 전부 말인가?! 자네는 통이 크군. 뭐, 왕께서라고 할까, 왕비님께서 무척 기뻐하시겠군."

그렇겠지.

하지만 왕비님을 내 편으로 만들어두는 건 나쁘지 않은 일이라고 본다.

어느 세상에서나 여성의 입김이 세기도 하고.

이 귀금속을 가지고 왕도로 간다고 하면 아무래도 길드 마스터 혼자 갈 수는 없는지라, 고랭크 모험가였던 교관 두 사람을 호위로 삼아 일주일 후에 왕도로 출발하기로 정해졌다.

쓸데없이 귀찮은 일을 떠넘긴 건가 싶었는데, "우리 지부도 자네 덕분에 돈을 벌고 있으니 말이야. 이 정도는 별거 아닐세"라고 말해주어 일단은 안심했다.

헌상품은 길드 마스터 일행이 출발하기 전날 건네는 것으로 이 이야기는 마무리되었다.

그다음은 창고로 이동해서 무기와 방어구, 마도구 거래를 부탁드렸다.

거래할 물건 수는 그다지 많지 않았지만, 물건이 물건이라 감정에 닷새 정도 걸린다고 했다.

나와 페르는 모험가 길드를 뒤로하고 람베르트 씨네 가게로 향했다.

◇ ◇ ◇ ◇ ◇

"마리 씨, 안녕하세요. 람베르트 씨 계신가요?"

"어머나, 무코다 님. 어서 오세요."

"오늘도 대성황이네요~."

"후훗, 덕분에요. 샴푸와 비누는 이 도시 여성에게 없어서는 안 될 물건이 되었답니다. 요즘은 소문을 듣고서 일부러 다른 도시에서 사러 오는 손님도 있을 정도예요."

몬스터가 만연한 이 세계에서 위험을 무릅쓰고 찾아오다니, 아름다움에 대한 여성의 집념은 무시무시하네.

"사실은 지점에서도 취급할 수 있으면 좋겠습니다만……."

아아, 구입하는 양을 늘리고 싶다는 뜻이로군요.

그런 이야기가 있었다는 것은 샴푸 등의 재고 관리를 맡은 코스티 군에게 슬쩍 들었다.

상당히 잘 팔리는 모양이로군요~.

뭐, 나는 그냥 인터넷 슈퍼에서 사는 거니까 불가능한 건 아니지만…….

바꿔 담는 작업을 해주는 모두에게 조금 더 고생해달라고 해야 하려나.

"어느 정도 늘릴 수 있을지 모르겠습니다만, 가능한 한 노력해 보겠습니다."

"정말인가요?! 부디 잘 부탁드립니다!"

크게 부릅뜬 눈이 무서운데요. 마리 씨…….

"아, 네. 저기, 그래서, 람베르트 씨는 계시나요?"

"어머나, 저도 참. 이야기에 푹 빠져서는. 시간을 빼앗아 죄송합니다. 남편은 안쪽에 있으니 안내해드릴게요."

◇ ◇ ◇ ◇ ◇

"……그런고로, 왕도에서 발모제는 날개 돋친 듯이 팔리고 있습니다."

나는 람베르트 씨에게 왕도에서 【신약 모발 파워】가 얼마나 잘 팔리는지 이야기를 들었다.

람베르트 씨가 백작님께 헌상하기 위해 왕도로 가져간 50병을 제외하고, 판매용 50병은 순식간에 완판되었다고 한다.

"백작님의 소개를 받아서 판매했는데도 불구하고 말이지요. 뭐, 백작님을 보면 얼마나 효과가 있는지는 일목요연하니까요."

만족스러운 표정으로 람베르트 씨가 그렇게 말했다.

확실히~.

람베르트 씨의 이야기에 따르면 백작님의 급격한 변화는 정말이지 대단했다고 하니, 그것만으로도 선전효과는 발군이었겠지.

"백작님도 가까운 분들에게 나눠주고 계신가 봅니다만, 효과 발군이라고 하셨습니다."

그 효과라는 건 발모 효과가 아니라 정치 효과라는 의미겠죠?

머리카락을 신경 쓰던 사람이 백작님을 봤다고 한다면, 그야 그 연줄을 어떻게든 잡고 싶어질 테지.

아무튼 백작님은 왕도 귀족들 사이에서 일약 화제의 인물이 되었고, 파티 등의 초대장도 산처럼 쌓이고 있다나.

계획대로라고 할까, 지금이 기회라는 듯이 백작님도 여러 귀족가를 돌며 귀족 사이의 연줄 만들기에 아주 애를 쓴 모양이었다.

그 덕분인지 백작님의 소개와 그에 따른 문의가 람베르트 씨에게 계속 밀려들었다고 한다.

이건 놓칠 수 없는 장사 기회라고 여긴 람베르트 씨는 곧바로 이 도시로 돌아와 내가 처음에 넘겼던 것 중 남은 물건을 가지고 다시 왕도로 향했다고 한다.

"그 남겨뒀던 100병은 순식간에 다 팔렸습니다만."

분명 한 병에 금화 50닢에 팔겠다고 했었지.

람베르트 씨는 샴푸와 【신약 모발 파워】를 세트로 팔고 있는 모양이었는데, 가격이 가격임에도 귀족을 중심으로 잘 팔리고 있다고 한다.

그만큼 머리카락 때문에 고민하는 사람이 많다는 뜻이려나.

의외로 영지 운영 등으로 스트레스를 받고 있는지도 모르겠다.

람베르트 씨도 이번 일로 여러 귀족님들과 연줄이 생겼는지, 상인으로서는 둘도 없는 재산이 되었다며 기뻐했다.

"그래서 말입니다만, 부디 꼭 추가로 부탁을 드리고 싶습니다."

글쎄, 백작님에게도 추가 발모제를 재촉받고 있는 데다가, 백작님에게 소개를 받은 귀족분들의 재촉도 날아들고 있다고 한다.

람베르트 씨는 가능한 한 빠르게, 적어도 지난번의 두 배인 200병이 필요하다고 말했다.

가능하다면 200병 정도가 아니라 많으면 많을수록 좋다고 한다.

그만큼 귀족분들의 요청이 많다는 뜻이리라.

"그리고 말이지요……."

람베르트 씨의 말에 따르면 백작님의 아내분과 따님이 내가 람베르트 씨네 가게에 납품하고 있는 샴푸 등의 소문을 듣고 일찌감치 구해 사용했고, 지금은 애용품이 되었다고 한다.

애용품인 샴푸, 트리트먼트, 헤어 마스크, 장미향 고급 비누는 당연히 왕도에도 가져갔고, 아내분과 따님의 머리카락은 언제나 윤기 좌르르 찰랑찰랑.

사교 시즌이라 모였던 귀족님의 아내분들과 아가씨들이 그것을 놓칠 리 없었고…….

"백작님의 아내분과 따님도 화제가 되었겠군요."

"네. 그래서 샴푸와 트리트먼트, 헤어 마스크, 비누 주문도 밀려들고 있답니다."

"아까 마리 씨께 샴푸와 비누 판매량을 늘려달라는 요청을 받았습니다만, 왕도에서 주문이 밀려들어서라는 이유도 있었던 거로군요."

"예. 이 가게에서 팔려던 상품 중 일부를 왕도의 지점으로 돌린지라."

그랬던 거구나.

로센달로 출발하기 전에 충분한 양을 두고 갔다고 생각했는데,

그래도 부족했던 건 그런 이유도 있었던 건가.

참고로 람베르트 씨와의 거래로 샴푸 등의 대금 대신 발행받은 나무판을 정산해보니 금화 2000닢이 넘었다.

【신약 모발 파워】로 상당히 벌었는지 그 자리에서 돈을 준비해주었다.

람베르트 씨와는 앞으로도 좋은 관계를 유지하고 싶으니, 이 일은 모두에게 애써달라고 하자.

일손이 더 필요할 테니 이번에는 타바사를 비롯한 전 모험가들에게도 도움을 받기로 할까.

"알겠습니다. 어떻게든 요청에 응할 수 있도록 노력해보겠습니다."

가능한 한 빨리라고 하기에, 람베르트 씨와 의논해서 모레 납품하기로 정했다.

"아, 그리고 백작님이 말씀하신 겁니다만……."

백작님이 왕궁에서 열린 만찬장에서 임금님에게 내 이야기를 했다고 한다.

나와 만났던 일도 전한 모양이고.

그 말을 들은 임금님이 백작님에게 에둘러 본인도 만나고 싶다는 뜻을 전했단다.

백작님은 내가 높으신 분들과의 교류를 원하지 않는다는 것을 알고 있어서 고민하셨다는 모양이다.

게다가 내 사역마 중에는 페르가 있으니 말이다.

억지로 강요할 수도 없는 일이다.

그랬다가는 페르가 어찌 나올지 알 수 없는 일이니까.

임금님도 그걸 알고 계실 터인데, 백작님과는 만났으면서 어째서 본인을 만나려는 오지 않는 것인가 싶어졌겠지.

임금님 알현도 어찌어찌 사양해서 결국 한 번도 만나지 않았으니까, 그 마음이 이해가 안 되는 것은 아니지만······.

말은 그렇게 해도, 란그릿지 백작님과 만난 건 이런저런 사정이 있었기 때문이다.

하지만 뭐, 이번엔 괜찮을 거라고 본다.

그도 그럴 것이 도둑 왕의 보물 중 호화 석 점 세트를 헌상할 예정이니까.

시기적으로도 딱 떨어지리라.

이 나라의 임금님은 실익을 취하는 타입이라고 들었으니, 호화 보물 석 점 세트를 헌상한 나의 "앞으로도 부디 잘 부탁드리옵니다"라는 속내를 제대로 파악할 테지.

이번이 두 번째 헌상이기도 하고

"람베르트 씨, 그거라면 아마도 괜찮을 겁니다. 대책은 세워두었으니까요. 백작님께도 그렇게 전해주세요."

"그렇습니까. 그렇다면 그리 전하겠습니다."

오히려 이 일로 이러쿵저러쿵하는 그런 왕이라면, 집안사람 모두를 데리고 이웃 나라로 옮겨간다는 것도 하나의 방법이리라.

일단은 괜찮을 거라고 보지만.

"그럼, 모레 다시 오겠습니다."

"잘 부탁드립니다."

『어이, 페르. 돌아가자.』

페르에게 염화를 보내자 크아함~ 하고 하품을 하고서 느릿하게 몸을 일으켰다.

『이제야 끝난 거냐. 배가 고프다.』

『네네, 일단 집에 가서. 이 시간이면 드라 짱이랑 스이도 일어나서 기다리고 있을 테니까.』

나는 아직 졸려 보이는 페르와 함께 서둘러 집으로 향했다.

◇ ◇ ◇ ◇ ◇

람베르트 씨네 가게에서 돌아오는 길에 잡화점 등에 들러【신약 모발 파워】를 담을 병을 가능한 한 사 모았다.

전에 사서 가지고 있던 것과 합하면 대략 1000병 정도가 되니 충분하겠지.

집에 돌아온 나는 곧장 토니 일가와 앨번 일가를 불러서 샴푸 등을 옮겨 담는 작업을 부탁했다.

오늘과 내일은 이 작업에만 매달려야 할 테니, 저녁밥은 내가 준비하기로 했다.

그리고 람베르트 씨에게 가능한 한 많이라는 말을 들은지라 야근 같은 느낌으로 조금 늦은 시간까지 작업을 부탁했다.

그 대신이라고 하면 뭐하지만, 딱 하나 원하는 것을 선물해주겠다고 했더니 토니와 앨번이 "당치도 않습니다. 이렇게 잘 살게 해주시는데 이 이상 뭔가를 해주시다니, 벌 받을 겁니다"라며 고사했다. 하지만 평소라면 집에서 느긋하게 보낼 시간까지 일을 부탁하는 거니까 당연하다며 밀어붙였다.

우리는 결코 블랙 기업이 아니거든.

이야기를 듣고 있던 아이들은 바로 의욕을 냈지만.

일손이 부족했기 때문에 타바사 일행에게도 같은 조건으로 제안을 했더니 즉시 하겠다고 대답했다.

우리가 돌아왔기 때문에, 아니 사실 주로 페르가 있기 때문이지만, 저택 경호 일도 몹시 여유로워진 모양이었다.

이렇게 옮겨 담는 작업은 모두에게 부탁하고, 나는 서둘러 모두의 저녁 식사를 준비하기로 했다.

병을 사 모으는 데 시간이 걸려서 점심시간이 한참 지난 탓에 페르와 드라 짱과 스이는 잔뜩 화가 났지만, 미리 만들어두었던 음식을 대량으로 내주어 겨우 진정시켰다.

"저녁밥은 든든하게 먹을 수 있는 고기 요리를 할 예정이니까, 점심밥은 이걸로 참아줘."

『꼭이다. 약속한 거다.』

『기대하고 있을 거라고.』

『주인, 맛있는 고기 요리 먹게 해줘야 해~.』

후후, 얼마든지 기대하라고.

만들려고 하는 음식은 고기를 좋아하는 페르와 드라 짱과 스이도 분명 만족할 거라고 확신하거든.

내가 모두에게 만들어주려고 하는 건 바로 '비프커틀릿'이다.

다 함께 먹기 좋다고 해서 연이어 전골을 내놓는 건 좀 그런가 싶어서 말이지.

게다가 모두 열심히 일해주고 있으니까, 조금은 호사스러운 걸 만들어주고 싶기도 하고.

그렇다면 뭐가 좋으려나 생각하다가 남아돌 정도로 가지고 있는 고기 던전의 고기가 떠올랐다.

고기로 만든 호사스러운 거라고 하니 두툼한 스테이크가 가장 먼저 떠올랐지만, 그것도 너무 무난한 게 아닌가 싶어 고민에 고민을 거듭한 결과 떠오른 것이 비프커틀릿이었다.

나도 말이지, 월급날 같은 때나 가끔 사치를 부려서 만들었거든.

스테이크와는 또 다르게 가끔 참을 수 없이 먹고 싶어진다니까.

진한 데미글라스 소스를 뿌린 비프커틀릿을 말이야.

그나저나, 비프커틀릿을 만들 때는 저녁 식사로 비프커틀릿을 먹고, 다음 날 먹을 용으로 비프커틀릿 샌드위치도 준비하는 게 내 방식인데. 그 비프커틀릿 샌드위치가 다음 날이 되면 빵에 배어들고 어우러져서 또 맛있단 말씀.

아, 생각했더니 입안에 군침이 돌잖아.

아무튼, 그런고로 저녁밥은 비프커틀릿을 만들 생각이다.

정했으니 주방으로 이동한 다음 인터넷 슈퍼에서 재료를 조달해야지.

그래 봐야 고기는 던전 소 고기를 쓸 거고, 함께 내는 건 앨번이 나눠준 양배추와 토마토가 있으니까. 사야 할 게 그다지 많지는 않다.

튀김옷을 위한 밀가루와 달걀과 빵가루, 그리고 소스용으로 데미글라스 소스 캔과 레드 와인과 버터.

소스에 쓸 케첩과 우스터 소스와 설탕은 가지고 있는 게 있으니까, 일단은 이거면 되겠지.

계산을 마치자 곧바로 종이 상자가 나타났다.

종이 상자에 담긴 것을 꺼내고 나면 바로 조리 시작이다.

우선은 데미글라스 소스를 만들어둔다.

키마이라 커틀릿을 만들었을 때도 같은 느낌으로 데미글라스 소스를 만들었는데, 감칠맛을 더 내기 위해 이번에는 레드 와인도 쓰려고 한다.

우선은 레드 와인을 절반 정도까지 졸인 다음, 캔에 담긴 데미글라스 소스, 우스터 소스, 케첩, 버터, 설탕을 더해서 약불로 2분 정도 끓여주면 비프커틀릿에 뿌릴 데미글라스 소스 완성이다.

다음은 비프커틀릿이다.

던전 소(물론 상위종이다) 고기를 살짝 두툼하게 자르고 소금후추를 뿌린다.

고기에 밀가루를 묻힌 다음 살짝 털어내고 풀어둔 달걀에 담갔다가 꺼내서 빵가루를 꼼꼼하게 묻힌다.

이제 고온의 기름으로 표면이 갈색을 띨 때까지 튀긴다.

갈색으로 튀겨지면 튀김 망 위에 올려 1~2분 정도 두고 여열로 더 익힌다.

이제 먹기 쉬운 크기로 잘라서 데미글라스 소스를 듬뿍 뿌리면 완성이다.

꿀꺽……

"내가 만들었지만 정말 먹음직스럽게 만들어졌는걸."

일단 이건 만든 사람의 권리로 맛을 봐야겠어.

그럼, 잘 먹겠습니다.

바사삭——.

"오호~ 맛있어!"

던전 고기도 선명한 분홍색을 띤 레어로 익어서 부드럽고 촉촉했다.

그리고 농후하고 감칠맛 있는 데미글라스 소스와 아주 잘 어울려.

갓 튀긴 비프커틀릿을 맛보고 있으려니 발을 콕콕 찌르는 감각이.

뭔가 하고 발치를 내려다보자…….

"스이구나."

『주인, 스이도 줘.』

스이, 내가 맛본 걸 용케 눈치챘구나.

그런데, 스이뿐인가?

페르랑 드라 짱은?

주변을 둘러보았지만 페르와 드라 짱은 거실에 있었고, 주방으로 올 기색은 없었다.

"이건 맛보기용이니까 조금만이야. 그리고 다른 애들한테는 비밀이다."

『알았어. 페르 아저씨랑 드라 짱한테는 비밀.』

나는 맛보기용으로 남겨두었던 비프커틀릿을 스이에게 내주었다.

『이거 맛있어!』

"그렇지? 저녁밥으로 배불리 먹게 해줄 테니까, 그때까지 좀 기다려."

『와아. 저녁밥 기대돼~.』

기쁜 듯 푸들푸들 떨면서 거실 쪽으로 가는 스이.

"어디, 보아하니 상당히 먹을 것 같으니까, 비프커틀릿을 잔뜩 튀겨볼까."

그다음부터는 튀김유를 바꿔가며 다음 날 먹을 샌드위치에 넣을 것까지 포함해서 비프커틀릿을 계속 튀겨댔다.

"후우, 이 정도면 되려나. 슬슬 옮겨 담기 작업을 마무리하기도 적당한 때인 것 같고."

나는 지하에 있는 작업장으로 향했다.

전처럼 우리 집의 테이블 앞에 앉은 모두의 앞에는 농후한 데미글라스 소스를 듬뿍 뿌린 비프커틀릿이 담긴 접시가 떡하니 놓여 있었다.

아이템 박스에 보관해두었기 때문에 당연히 뜨끈뜨끈하다.

곁들여 낸 것은 앨번이 키운 양배추를 채 썬 것과 반달썰기를 한 토마토다.

빵은 인터넷 슈퍼에서 산 버터롤을 접시에 담고 자유롭게 가져가는 스타일로 했다.

페르와 드라 짱과 스이 앞에는 진한 데미글라스 소스를 듬뿍 뿌린 비프커틀릿이 다섯 장 정도 담긴 접시를 놓아주었다.

곁들임 채소는 필요 없다고 한다.

정말이지, 앨번이 키운 채소는 맛있다니까 그러네.

"여러분, 고생하셨습니다. 그럼 식사를 시작하죠."

바삭──.

음, 맛있어.

맛을 봤으니까 알고 있었지만.

아니, 왠지 조용한데?

묘하게 조용한 식탁을 둘러보자 모두가 비프커틀릿을 꼭꼭 씹으며 황홀한 표정을 짓고 있었다.

그리고 비프커틀릿을 삼키더니 "호오옷" 하고 숨을 내쉬고 절절하게 각자의 말로 맛있다는 이야기를 했다.

"아빠, 엄마, 맛있지? 롯테 이렇게 맛있는 고기는 처음 먹어봐!"

"정말이야. 이렇게 맛있는 걸 먹을 수 있게 되다니……."

그렇게 말하며 눈물짓는 테레자.

그리고 앨번.

토니와 아이야도 덩달아 울고 있었다.

아니 아니, 울 일이 아니잖아.

"무코다 씨가 차려주시는 음식은 전부 맛있지만, 오늘 이 두툼한 고기는 각별하네."

타바사가 그렇게 말하자 전 모험가들도 응응하고 고개를 끄덕였다.

"자자, 그렇게 숙연해지지 말고 어서 먹어. 아직 많이 있으니까."

내가 그렇게 말하자 곧바로 반응한 건 까불까불한 쌍둥이.

"뭐? 더 먹어도 되는 거야?!"

"여어, 통 크네!"

"더 먹어도 되지만, 대신 내일도 열심히 해줘야 해."

""알고말고요!""

『어이, 더 다오! 네가 자신만만하게 말한 만큼 맛있구나!』

『나도 더 줘! 이 진한 맛의 소스가 고기랑 너무 잘 어울리잖아! 맛있다고!』

『스이도 더 먹을래!』

"네네. 푸훗."

페르와 드라 짱, 입 주변이 데미글라스 소스 범벅이잖아.

하하, 나중에 닦아줘야겠네.

오늘도 모두에게 아침부터 옮겨 담기 작업을 시켰다.

　오전 중엔 나도 일을 도왔다.

　어제와 오늘 오전 사이에 【신약 모발 파워】와 샴푸 등도 어느 정도의 양은 확보되었기 때문에 안심한 참이다.

　이 상태라면 오후엔 그렇게까지 바쁘게 작업하지 않아도 될 듯하다.

　일을 중단하기 적당한 때에 모두에게 말을 걸어 점심을 먹기로 했다.

　메뉴는 어제 만든 비프커틀릿을 이용한 비프커틀릿 샌드위치다.

　살짝 구운 식빵에 버터와 겨자(스이와 아이들이 있어서 약간만)를 바르고, 그 위에 돈가스 소스를 바른 던전 소 비프커틀릿을 올린 다음 빵으로 덮고 꾹 눌러서 잘 어우러지게 한다.

　이걸로 끝인 정말 단순한 비프커틀릿 샌드위치다.

　하지만 이게 맛있다니까.

　조금 좋은 고기를 쓴 비프커틀릿으로 만드는 거라면, 양배추나 양상추를 넣지 않는 이 방법이 개인적으로는 제일이라고 생각한다.

　롯테가 싱글벙글한 얼굴로 비프커틀릿 샌드위치를 베어 물고 있었다.

　"맛있어!"

　올리버와 엘릭과 코스티와 세리야도 미소 띤 얼굴로 먹고 있없다.

역시 아이들한테는 이 정도로 든든한 음식이 더 인기구나.

뭐, 어른들도 아주 맛있게 먹고 있지만.

내가 만들고 이런 말을 하기는 뭐해도, 이 비프커틀릿 샌드위치는 맛있다.

페르와 드라 짱과 스이도 정신없이 먹고 있다.

『어이, 더 다오.』

『나도 더 줘!』

『스이도 더 먹을래~.』

빨라!

마음에 든 건 알겠는데, 다들 너무 빨리 먹잖아.

이번엔 좀 더 많이 내줄까.

접시 위에 비프커틀릿 샌드위치의 산이 만들어졌다.

그걸 내어주자 신나 하며 달려드는 페르와 드라 짱과 스이.

"하아~ 그나저나 대낮부터 이런 맛있는 걸 먹을 수 있다니, 최고야."

어빙이 절절한 투로 그리 말하자 특히 전 모험가들이 동의하듯이 고개를 끄덕였다.

"모험가 일을 하다 보면 점심을 못 먹는 날이 더 많으니까."

이어지는 루크의 그 말에 전 모험가들은 "그러게 말이야"라며 맞장구를 쳤다.

응?

나도 일단은 모험가지만, 매일 삼시 세끼 잘 챙겨 먹고 있는데.

바빠서 가끔은 점심을 빼먹을 때도 있기는 하지만, 그럴 때는 애들에게서 엄청난 불평불만이 돌아오거든.

그걸 피하기 위해서도 끼니를 놓치는 일은 최선을 다해서 피하고, 제대로 식사 시간을 확보하려고 하고 있다.

"의뢰 중에는 거의 휴대식으로 해결하게 되니 말일세. 호위 일 같은 장기 의뢰를 맡았을 때는 정말 최악이었지……."

얼굴을 잔뜩 찌푸리면서 바르텔이 그렇게 말했다.

"휴대식은 엄청나게 맛없어……."

페이터가 조용히 그렇게 중얼거리자 전 모험가들이 고개를 크게 끄덕였다.

나도 휴대식의 존재는 알고 있다.

인터넷 슈퍼라는 편리한 스킬이 있는 나와는 인연이 없는 것이지만.

밀가루를 반죽해서 구운 거라고는 들었는데, 아무튼 몹시 맛이 없나 보다.

그래도 간단히 에너지 보충을 할 수 있어서 여행하는 사람이나 모험가에게는 없어서는 안 될 것이라고 한다.

"그건 먹으면 입안의 수분이 전부 사라지잖아. 텁텁한 게 입안에 남아서 싫다니까."

"어빙, 이 멍청한 녀석. 최고로 맛있는 걸 먹고 있는데 말도 안 되게 맛없는 휴대식 맛을 떠올리게 하지 말라고!"

쓸데없는 말을 하던 어빙이 타바사에게 꿍하고 머리를 맞았다.

"아팟! 무슨 짓이야?! 그보다, 무코다 씨도 모험가라면 그 휴대식이 얼마나 맛없는지 알지 않나?"

어빙이여, 어째서 갑자기 화제를 나한테 돌리는 것인가?

"아, 그게, 저기……."

어찌할 바를 몰라 하고 있으려니, 전 모험가들은 물론이고 앨번 일가와 토니 일가까지 주목하기 시작했다.

"그러니까, 휴대식이 있다는 건 알고 있지만, 살 필요도 없었다고 할까……. 그 왜, 내 경우엔 맛없다는 사실을 아는 걸 살 수가 없잖아."

나는 그렇게 말하면서 페르와 드라 짱과 스이를 보았다.

맛없는 걸 내놔 보라고…….

어쩌면 페르가 날뛰어 댈지도 모른다고.

전설의 마수라고 불리는 페르가 날뛰거나 했다간 말이지…….

부르르.

생각하고 싶지도 않아.

『맛없는 거라고? 그런 걸 내놨다간…… 알고 있겠지?』

귀도 밝게 이쪽 이야기를 들은 페르가 수상쩍다는 눈을 하고 내게 그렇게 말했다.

"무, 물론이지. 지금까지 맛없는 건 준 적 없잖아?"

『흥, 알면 됐다.』

나와 페르의 대화를 듣고 있던 모두가 "아아~" 하고 알겠다는 얼굴을 했다.

"무코다 씨도 의외로 고생이 많네."

모두를 대표하듯이 루크가 그렇게 말했다.

페르와 드라 짱과 스이가 있어줘서 큰 도움이 되지만, 밤에 관해서 만큼은 뭐 좀 그렇지.

그게, 우리 애들은 이래 봬도 모두 미식가거든.

◇　◇　◇　◇　◇

페르에게『마도 냉장고를 이용한 요리는 어찌 된 것이냐?』라는 재촉을 받아서, 튀김 요리를 만들 생각으로 간장 베이스 양념과 소금 베이스 양념에 코카트리스 고기를 대량으로 재운 다음 마도 냉장고에 채워 넣었다. 일을 마친 참에 아이야가 말을 걸어왔다.

"무코다 씨, 부탁하셨던 일을 전부 끝냈습니다."

"오오, 벌써 끝난 거야? 고생했어."

지하실로 가서 확인해보니, 깔끔하게 병에 옮겨 담아 나무 상자에 채워진【신약 모발 파워】, 샴푸 등이 가득 채워진 항아리, 비누가 빈틈없이 담긴 나무 상자 등이 대량으로 있었다.【신약 모발 파워】는 별개로 치더라도, 샴푸와 비누 등은 적게 잡아도 여러 번 납품할 양이 될 듯했다.

일단 내일 람베르트 씨에게 넘길 양으로는 충분하리라.

모두에게 거실로 모이라고 해서 약속했던 원하는 물건 목록을 듣기로 했다.

"다들 고생 많았어. 약속했던 대로, 딱 하나 원하는 물건을 말해봐. 뭐가 좋겠어?"

내가 그렇게 말하자 가장 먼저 손을 든 것은 역시, 거리낌이 없는 롯테였다.

"네네넷! 롯테는 달콤한 게 좋아!"

부모인 앨번과 테레자가 쓴웃음을 지었지만, 약속은 약속이니까.

"단 거라. 잠깐만 기다려봐."

인터넷 슈퍼를 열었다.

단 거라고 하면 과자겠지…… 오, 사탕 같은 것도 괜찮겠는걸.

이거라면 오래 두고 먹을 수 있기도 하고.

호오~ 옛날 생각이 나는 것도 팔잖아.

내가 찾아낸 것은 어릴 때 먹었던 캔에 담긴 알록달록한 사탕이었다.

흔한 개별 포장 사탕보다 이쪽이 뭐가 나올지 기대되기도 해서 더 좋을지도 모르겠다.

그래, 이걸로 하자.

"네, 여기. 그러니까, 이건 이 뚜껑을 열어서……."

캔 뚜껑을 달칵 열었다.

"롯테, 손을 내밀어 봐."

롯테의 조그마한 손바닥에 사탕 한 알을 떨어뜨렸다.

"우와아, 예쁘다~."

"입에 넣고 굴려봐."

내가 그렇게 말하자 롯테가 휙 하고 사탕을 입 안에 넣었다.

"달고 맛있어!"

"그렇지? 이 캔 안에 여러 가지 맛이 들어 있어. 맛있다고 해서 한꺼번에 많이 먹으면 안 된다."

그렇게 말하면서 롯테에게 사탕 캔을 건네자 무척이나 좋아했다.

"다음은 누구야?"

그렇게 말하면서 모두를 둘러보자, 뭔가 하고 싶은 말이 있는 듯 주저주저하는 세리야가 눈에 들어왔다.

"세리야, 뭐가 갖고 싶어?"

"저기, 그러니까, 잠깐만 기다려주세요."

그렇게 말하고 세리야가 방을 뛰쳐나갔다.

그리고 잠시 후 돌아온 세리야의 손에는 내가 로센달에 가기 전에 주었던 공책이 들려 있었다.

"이게 갖고 싶어요!"

"어라? 벌써 다 쓴 거야?"

세리야에게 공책을 받아서 살펴보니 글씨 연습에 썼는지 글자가 가득 쓰여 있었다.

심지어 여백 부분까지 남기지 않고 전부 쓴 공책을 보고 살짝 흐뭇해지기까지 했다.

"이렇게 구석구석까지 쓰다니, 열심히 공부했구나."

내가 그렇게 말하자 세리야는 조금 쑥스러워했다.

"저, 저기, 저도 같은 걸로 주세요!"

"저, 저도!"

그렇게 말한 것은 롯테의 오빠인 올리버와 엘릭이었다.

두 사람도 열심히 공부하고 있는 모양이다.

흐음, 그렇다면…….

"그래. 필기도구 한 벌로."

세 사람에게 건넨 것은 공책 열 권 묶음과 연필 한 다스, 그리고 지우개 세 개까지. 필기도구 한 세트였다.

공책을 이 정도로 썼다면 연필도 지우개도 꽤 썼을 테니까.

하나만이라고 했지만, 필기도구 한 벌이라고 묶어버리면 하나니까.

공책과 연필과 지우개는 하나의 패키지로 구성되어 있기도 하니까 아무런 문제도 없다.

내가 문제없다고 하면 없는 거다.

"저기, 저한테도 같은 걸 주세요."

선생님 역할인 코스티도 필기도구 한 벌을 요청했다.

글쎄 모두를 가르치면서 스스로 아직 부족하다 느끼고 다시 공부를 하고 있단다.

기특해라~.

나는 학생일 때 시험 전에 어쩔 수 없이 공부한 게 전부인데.

다들 착한 아이들이야. 응.

"저기이, 저도 똑같은 걸 받아도 괜찮을까요?"

"응? 페이터도 이걸로 되는 거야?"

그렇게 묻자 고개를 끄덕이는 페이터.

"공부, 재밌어. 모르는 걸 아는 건 기뻐."

그러고 보니 페이터는 공부에 열심이랬지.

응응, 잘됐어.

페이터한테도 필기도구 한 벌을 건넸다.

"다음은…… 토니, 아이야, 앨번, 테레자는 뭐가 좋겠어?"

처음에는 토니도 아이야도 앨번도 테레자도 사양했지만, 그럴 수는 없다.

약속이기도 하고, 받은 사람과 안 받은 사람이 생기는 건 불공평하니까.

뭐든 괜찮으니까 말해보라고 해서 겨우 말을 꺼냈는데, 토니는 좀 굵은 가지를 자를 때 쓸 손도끼를, 아이야는 큼직한 프라이팬을, 앨번은 밭을 일굴 괭이를, 테레자는 큼직한 냄비를 원했다.

앨번에게 괭이라는 말을 듣고 그럼 전에 있던 건? 했더니, 있기는 하지만 연결 부위가 뚝 부러져버렸다고 한다.

다른 것도 쓰지 못할 건 없지만, 아무래도 전부 상태가 좋지 않고 녹이 슬었다니까.

그런고로 가능한 한 튼튼한 괭이를 갖고 싶다는 것이었다.

으음, 이건 샀던 물건 자체가 질이 나빴던 걸지도 모르겠는걸.

프라이팬과 냄비는 주방용품으로 갖춰져 있을 테지만, 손도끼와 괭이가 인터넷 슈퍼에 있을지 걱정이었다. 하지만 다행히도 원예용품 코너에 빈틈없이 있었다.

인터넷 슈퍼의 상품 구성도 무시할 수는 없는 일이라고 새삼 생각했다.

아이야에게는 불소수지 코팅되어 잘 눌어붙지 않고 손질도 간편한 크고 깊은 프라이팬, 테레자에게는 튼튼하고 커다란 스테인리스제 냄비를 사주었다.

토니의 손도끼와 앨번의 괭이는 각각 한 종류밖에 없었기 때문에 선택의 여지가 없었지만, 물건은 나쁘지 않을 것 같았다.

모두 제각기 물건을 받아 들고 기뻐했다.

그럼 마지막은 타바사와 쌍둥이와 바르텔이네.

왠지 뭘 갖고 싶어 할지 상상이 되지만.

물어보니…….

"나는 당연히 술일세! 전에 받은 그 센 술이 좋네."

"나도 술이 좋아! 맥주라는 그게 좋겠어."

"나도 똑같아. 맥주라는 술, 처음엔 쓰다고 생각했는데 신기하게도 점점 그게 맛있게 느껴지더라니까."

바르텔과 쌍둥이는 예상대로 술이구나.

"타바사는?"

"저기, 그, 저는…… 람베르트 씨네서 파는 샴푸와 트리트먼트라는 걸 갖고 싶습니다."

어라?

타바사도 술일 거라고 생각했는데 아니었네.

내가 지급하고 있는 것은 린스가 포함된 샴푸니까, 머리카락을 더 관리해서 찰랑찰랑 윤기 있게 만들고 싶다면 샴푸와 트리트먼트를 갖고 싶을 테지.

"알았어. 바르텔과 어빙과 루크는 술이고, 타바사는 샴푸와 트리트먼트란 말이지?"

인터넷 슈퍼를 열어서 필요한 것들을 구입했다.

타바사의 샴푸와 트리트먼트는 람베르트 씨네와 같은 것으로 하자니 특별한 느낌이 들지 않아서 비슷한 가격대로 다른 상표의 물건을 골라보았다.

람베르트 씨 쪽에 납품하는 것과 마찬가지로 오래된 브랜드인데, 이쪽은 머리카락을 차분하게 정리하는 데 더 중점을 둔 것이라 숱이 많아 보이는 타바사에게도 좋지 않을까 싶었다.

향도 과일과 꽃향기가 나서 좋고.

"풋, 누나도 연애에 눈뜨기 시작했네. 보고 눈치챘지만 폐."앗, 이 멍청이!'"

타바사를 놀리는 듯한 말을 꺼낸 어빙의 입을 루크가 막았다.

멍청이라니까~. 타바사가 귀신 같은 얼굴이 되었잖아.

"어빙, 루크. 나중에 얘기 좀 하자."

"잠깐, 어째서?! 나는 아무 말도 안 했는데?"

"입 다물어! 연대책임이야!"

"그게 뭐야~. 네가 쓸데없는 말을 하니까 그렇잖아."

루크가 화를 내며 어빙의 머리를 때렸다.

"이것 참~ 미안 미안. 나도 모르게 무심코. 누나가 저러는 건 처음 보잖아? 첫사랑에 빠진 소녀냐고. 하하하하핫."

"크큭, 아니, 기분은 이해하지만 말이지. 그건 모르는 척해주는 게 동생의 의무라고."

"어빙, 루크. 그 입 좀 다물어……."

"타, 타바사?"

마음은 알지만 진정해.

그보다, 첫사랑이라니? 어? 너, 사랑에 빠진 거야?

누구를? 하고 궁금해하고 있으려니 타바사가 뺨을 붉힌 채 힐끔힐끔 페이터를 보고 있었다.

뭐? 그런 거야?

아, 뭐, 우리는 연애는 자유니까.

게다가 나는 남의 연애를 방해하는 그런 눈치 없는 남자가 아니거든.

그, 뭐냐. 어찌 됐든 여러 가지로 잘해봐…….

람베르트 씨네 물건을 납품하는 일은 무사히 끝났다.

【신약 모발 파워】를 1000병 납품하자 람베르트 씨는 무척 기뻐했다.

이 정도나 있으면 조금은 상황이 진정될 거라고 한다.

샴푸 등도 평소의 두 배 되는 양을 납품한 뒤 재고가 더 있으니 말을 해주면 또 납품하겠다고 전해두었다.

받은 대금으로 말하자면, 응. 엄청난 금액이 되었다.

작은 자루이기는 하지만, 뭐라 말할 수 없이 반짝이는 백금화가 자루 가득 담겨 있었다.

람베르트 씨는 【신약 모발 파워】와 샴푸 등을 챙겨서 조만간 왕도로 향할 예정이라고 한다.

빈틈이 없다고 할까, 모험가 길드의 길드 마스터와도 연락을 취해서 함께 가기로 한 모양이었다.

길드 마스터와 동행하는 교관 두 명이 함께라면 호위로 든든하리라.

람베르트 씨와 가까운 사이인 '피닉스'에게도 호위를 부탁했다고 하니, 왕도로 가는 여행길은 걱정하지 않아도 될 듯하다.

피닉스 멤버들로서는 높으신 분이 함께라 방심할 수 없는 여행길이 될지도 모르지만.

그렇게, 람베르트 씨와 거래를 마치고 집으로 돌아가는 도중인데…….

『어이, 이제 슬슬 되지 않았느냐?』

옆에서 걷는 페르에게서 염화가 들어왔다.

『이제 슬슬이라니, 뭐가?』

길을 걷는 중이라 남들이 수상쩍게 여기지 않도록 나도 염화로 이야기했다.

『던전인 게 당연하지 않으냐.』

『이웃 나라에 있다는 난관 던전 말이지?』

『그래. 지난번 던전은 맛있는 고기를 구한 건 좋았지만, 재미가 없었다.』

크읏…… 페르도 드라 짱도 역시 까먹지 않은 건가.

『던전~.』

던전이란 말을 들은 스이도 가방 안에서 꼬물꼬물 움직여댔다.

『이걸로 용건도 다 끝난 것이 아니냐? 그렇다며 다음은 던전이다. 난관이라고 불린다니 기대되는구나.』

『그러니까. 얼른 던전에 가자고!』

『스이도 던전 가고 싶어!』

난관 던전이라는데도 페르도 드라 짱도 스이도 당장 갈 마음으로 넘쳤다.

모처럼 장만한 집이니 나로서는 이 집에서 조금 더 느긋하게 지내고 싶다는 것이 솔직한 심정이었다.

『아, 아니, 저기, 그 왜, 그러니까…… 그, 그래, 지난번에 모험가 길드에 마도구를 사달라고 부탁했었잖아. 그러니까 당장은 좀.』

『음, 그거라면 닷새 후라고 했었다. 그날부터 치면…… 앞으로 사흘이구나.』

쳇. 페르 녀석, 기억하고 있었잖아.

『아니, 그러니까, 이것저것 준비 같은 것도 해야 하고.』

『사흘이나 있으면 충분할 테지. 용건을 마치는 대로 출발이다. 알아들었겠지?』

『……네.』

페르의 강경 발언에 싫다고는 할 수 없었다.

이런.

사흘 후에 던전을 향해 출발하기로 정해지자 드라 짱과 스이는 무척이나 기뻐했지만.

던전에 가기로 정해지고, 어쩔 수 없다고 말하기는 했지만 열심히 여행 중에 먹을 밥을 만드는 데 시간을 쏟았다.

이걸 게을리하면 페르와 드라 짱과 스이한테 무슨 말을 들을지 모르기 때문이다.

이번에는 이웃 나라까지 나가는 긴 여행이기도 하니 특히 공을 들여 준비했다.

그 사이사이 틈틈이 집안사람들에게 생필품 등도 지급했다.

이번에도 지난번 로센달 때와 마찬가지로 3개월 예정.

모두에게 "지난번 것도 남아 있으니 좀 적어도 괜찮다"라는 말을 들었지만, 많아서 나쁠 것은 없다고 생각해 그대로 지급했다.

집안사람들의 식사를 담당하는 아이야와 테레자에게 3개월 치 식재료(고기와 조미료 등)도 전달했고, 밀가루와 뒤쪽 밭에서 수확하지 못하는 채소 등을 살 돈도 주었다.

아이야와 테레자는 "지난번에 받은 것도 아직 남았는데⋯⋯"라며 당황했지만, 뭐 역시나 많아서 나쁠 건 없으니까.

매직 백도 맡겨두었으니 상할 염려도 없고.

다음은, 쌍둥이와 바르텔의 강력한 요청으로 술도 조금 주었더니 세 사람은 신나서 덩실거렸다.

일단 "과음하지 마" 하고 주의는 주었는데, 과연 어찌 될는지.

뭐, 제지할 타바사가 있으니까 걱정은 없다고 보지만.

공부 모임은 당연히 그대로 계속 진행해달라고 했다.

아이들과 페이터가 몹시 의욕적이니까.

남을 잘 돌보는 타바사도 선생님으로서 평판이 매우 좋았다.

아이들에게 물어보니 모르는 부분은 알뜰살뜰 가르쳐주는 모양이었고, 모두 "타바사 선생님 좋아"라고 했다.

타바사는 아이들에게 "타바사 선생님"이라고 불리는 것을 조금 쑥스러워했지만 싫지는 않은 듯했다.

그렇게 여행 준비도 했으니 집 걱정은 하지 않아도 되리라.

극단적인 이야기지만, 집안사람들에게는 보수도 미리 주었으니 만약 무슨 일이 생긴다고 해도 어떻게든 될 터였다.

이제 남은 것은 한 달에 한 번 해야 하는 의무.

어제 미리 요청을 받아두었기 때문에 인터넷 슈퍼에서 조달하기만 하면 된다.

뭐, 평소와 똑같은 일이지만.

닌릴 님은 후미야의 케이크라며 시끄러웠지.

게다가 "한정인 것이니라!"라며 거듭거듭 확인을 했다.

그런고로 바로 후미야의 메뉴를 열었다.

오, 마침 히나마쓰리(3월 3일. 여자아이의 건강과 행복을 기원하며 제단에 인형 등을 장식하는 행사) 페어를 하고 있잖아.

일본은 그런 시기인 건가.

눈에 띈 것은 왕과 왕비 모양을 한 과자 장식과 황도와 백도가 올라간 호화로운 쇼트케이크.

또 왕과 왕비가 그려진 화이트초콜릿 플레이트 장식에, 초콜릿 크림이 듬뿍 들어간 초콜릿케이크.

다음은 딸기 콩포트가 듬뿍 올라간 딸기 타르트.

물론 전부 홀 사이즈다.

그 외에는 적당히 조각 케이크 열 개 정도와 익숙한 도라야키와 스카치 케이크 모둠 등을 준비했다.

이 정도면 충분하겠지.

충분한가?

뭐 그 부분은 닌릴 님께 자중하며 한 달 동안 버텨달라고 할 수밖에 없겠지.

그나저나 괜한 오지랖일지도 모르지만, 지난번에도 가까운 신들에게 살쪘다는 말을 들었는데 체중은 괜찮으려나?

음, 뭐, 그 부분도 본인 책임인 걸로.

다음은 키샤르 님인데, 당연하게도 미용 제품이다.

마침 이번에 스킨 등의 기초 라인이 다 떨어져 가는 중이라고 해서 세안제 · 스킨 · 크림까지 스킨 케어 제품 한 세트를.

그리고 전에 드렸던 미용 성분이 듬뿍 들어간 프리미엄 에센스가 의외로 마음에 들었다고 해서 이걸 재구입했다.

다음은 최근 피부가 조금 칙칙해진 것이 신경이 쓰인다고 해서, 그 원인인 모공 안쪽에 쌓인 노폐물을 제거하는 데 효과적이라고 하는 머드팩도 구입했다.

이것도 조금 비싸기는 했지만, 머드를 이용한 팩으로 피부에도 자극이 없다는 평판이라 만족해주시지 않을까 싶다.

다음은 아그니 님의 몫으로, 평소와 마찬가지로 맥주다.

아그니 님을 위해서는 지역 맥주 세트와 수입 맥주 세트, 그리고 늘 사는 S사의 프리미엄 맥주와 같은 S사의 검정 라벨 맥주와 Y비스 맥주를 박스로 담았다.

그리고 지난번에 드렸던 핫도그가 매우 마음에 들었는지, 다시 요청을 해 오셔서 오늘 서둘러 만들었다.

다음은 "적당히 맥주랑 어울리는 음식을 줘"라는 이야기였기 때문에, 여행 중에 먹을 밥으로 넉넉하게 만든 비프커틀릿과 돈가스, 멘치카츠와 튀김류를 바칠 예정이다.

루카 님은 평소와 마찬가지로 아이스크림과 케이크다.

아무래도 루카 님은 다양한 종류를 맛볼 수 있는 조각 케이크를 좋아하시는 모양이라 후미야의 케이크 중에서도 조각 케이크를 중심으로 골랐다.

아이스크림에 관해서는 후미야와 인터넷 슈퍼에서 컵 아이스크림을 중심으로 다양한 맛과 여러 제조사로 구성해보았다.

그리고 그 외에 전골을 요청받았다.

전골은 우리를 지켜보다 보니 먹고 싶어졌다고 한다.

코카트리스 토마토 전골, 배추와 던전 돼지로 만든 밀푀유 전골을 요청하신지라 만들었다.

페르와 드라 짱과 스이가 "밥인가?" 하고 군침을 흘리며 대기를 하는 바람에 곤란해지기도 했었다.

그리고 마지막은 애주가 콤비인 헤파이스토스 님과 바하근 님 몫이다.

바라는 건 당연하게도 위스키.

뭐라더라? 이제 위스키(생명수) 없이는 살아갈 수 없다나 뭐라나 하며 시끄러웠다.

늘 사던 세계 제일의 위스키 한 병씩은 이번에도 변함이 없었고, 나머지는 내게 맡기겠다고 했다.

물론 이번에도 '리큐어 샵 다나카'의 힘을 빌렸다.

'리큐어 샵 다나카'에서 이것저것 살펴보다 순위에서 상세 검색을 할 수 있다는 사실을 발견했다.

시험 삼아 위스키 순위 중에서 스카치위스키로 범위를 좁혀 검색해보니, 스카치위스키만 화면에 쭉 나열되었다.

내 기억에도 있던 몇 가지는 전에 이미 구입해서 건넸는데, 아직 구입한 적 없는 것도 많았다.

이번에는 그중에서 인기가 높은 순으로 골라보았다.

먼저 고른 건 해초와 이끼가 다량 포함된 피트를 사용해 개성적인 소독제 같은 향이라는 말을 듣는 인기 위스키. 도저히 맛있어 보이는 술이라고는 생각되지 않지만 부동의 팬층이 있다고 한다.

다음이 미국에서 스카치라고 하면 바로 이거라고 할 정도로 시장 점유율 넘버원인 위스키로, 하이볼로 만들면 맛있다고 한다.

그다음은 본고장인 스코틀랜드에서 가장 많이 팔리는 상표로 국제적 콩쿨에서도 금메달을 수상한 위스키다. 스트레이트나 록으로 마시는 것을 추천한다고 한다.

다음은 초콜릿이나 비스킷을 연상케 하는 여운을 가진 위스키로, 조금 비싸면서 상자에 담겨 있어 선물용으로도 인기라고 한다.

다음은 세 마리의 원숭이 모티브가 특징적인 병에 세 곳의 증류소에서 만들어진 싱글 몰트위스키를 블랜드한 트리플 몰트위스키로, 위스키를 잘 못 마시는 사람도 마시기 좋다고 한다.

이 상위 다섯 병의 위스키 외에 화면을 보면서 몇 가지 골라 나갔다.

겸사겸사라고 하기는 뭐하지만, 슬슬 데미우르고스 님께도 공물을 바칠 때가 된지라 함께 골라두었다.

물론 일본 술로.

이번에는 규슈의 일본 술 세 병 세트로 해보았다.

그리고 규슈라고 하면 고구마 소주 같은 건 어떨까 싶어져서 두 병 정도 골라보았다.

한 병은 검정 누룩으로 만들어 감칠맛이 강하면서 뒷맛도 깔끔하고, 구하기 쉬워서 고구마 소주 팬에게 뜨거운 지지를 받고 있다고 하는 제품.

또 한 병은 삼국지에 등장하는 명마가 이름의 유래라고 하는 고구마 소주로, 중후하고 진한 맛이 매력적이라고 한다.

나머지는 평소와 같은 프리미엄 통조림 안주 세트.

고구마 소주를 홀짝홀짝 마시면서 통조림 안주를 집어 먹는다……, 괜찮을지도.

아니, 그건 됐고. 신분들별로 물건이 담긴 종이 상자도 도착했다.

이제 오늘 밤 드리기만 하면 끝이다.

내일은 모험가 길드에 가서 마도구 거래 대금을 받은 다음, 그대로 이웃 나라의 던전을 향해 출발한다.

아아~ 조금 더 느긋하게 지내고 싶었는데…….

◇　◇　◇　◇　◇　◇

그날 밤, 낮 동안 준비해둔 공물을 신들께 바쳤다.

"먼저 닌릴 님입니다."

닌릴 님의 종이 상자를 아이템 박스에서 꺼내서 테이블 위에 올려두었다. 두자마자 옅은 빛과 함께 사라졌다.

잠깐잠깐, 사라지는 게 너무 빠르지 않아?

『케이크으으으으으! 드디어, 드디어니라!』

그 목소리와 함께 찌지직 하고 종이 상자를 여는 소리가 들렸다.

『하아……. 닌릴, 너 지난번이랑 똑같잖아.』

『그러게. 아니, 알고 있으면 한꺼번에 다 먹지 말고 다음 날짜를 생각해가며 먹으면 되잖아.』

『……너무 멍청해.』

『저 녀석은 학습 능력이 없구먼.』

『동감이야.』

신들의 기막혀하는 목소리가 들려왔다.

닌릴 니임…….

『어머나, 학습 능력이 없다니. 너희가 할 말은 아니지 않아?』

『그러게. 위스키는 아직이냐고 하는 말을 자주 들었는데.』

『……하아.』

애주가 콤비에게 여신님들이 딴죽을 걸었다.

『으.』

『움찔.』

『부, 분명 마지막 무렵에는 위스키가 떨어져 버렸지만, 저 녀석보다는 낮다고 본다.』

『마, 맞아! 저 녀석만큼 심하지는 않다고.』

헤파이스토스 님, 바하근 님. 그거 피장파장이라고 보는데요…….

『어, 어이! 다음이다. 다음. 무코다여, 어서 진행해라.』

아, 도망쳤어.

뭐, 상관없나.

네네, 다음 말이죠.

"다음은 키샤르 님이죠?"

키샤르 님의 미용 제품이 담긴 종이 상자를 테이블에 올려두었다.

『우후후, 기다렸어~. 고마워~.』

"아, 최근 피부가 조금 칙칙해진 게 신경 쓰인다고 하셔서, 머드팩을 한번 넣어봤습니다."

『머드팩?』

"네. 글쎄 미용에 좋은 머드를 쓴 팩으로 칙칙함의 원인인 모공 안쪽에 쌓인 노폐물을 제거해준다고 합니다. 눈 주변을 피해서 바르고 15분 정도 둔 다음에 씻어내 주십시오. 아, 그렇지. 입욕 중에 하는 걸 추천한다고 하네요."

『호오~ 마침 이제부터 목욕을 할 생각이었으니까 바로 해볼게.』

찌직찌직 하는 소리가 들리는 것을 보니 키샤르 님도 그 자리에서 내용물 확인을 하고 있나 보다.

머드팩은 처음이니까 궁금했겠지.

"그럼 다음은 아그니 님입니다."

맥주가 담긴 묵직한 종이 상자를 꺼내놓았다.

『기다렸다고. 맥주, 맥주~. 고마워! 그럼, 돌아가서 바로 마셔볼까!』

저벅저벅하는 발소리가 들려왔다.

이런, 아그니 님은 바로 가버리신 모양이다.

정말이지 자유분방한 신들이라니까.

『다음은 나.』

"네. 루카 님이시죠?"

아이스크림과 케이크가 담긴 종이 상자.

그 위에 인터넷 슈퍼에서 산 질냄비에 담은 전골을 두었다.

뚜껑을 덮어두었으니 그대로 불에 올려 끓이기만 하면 된다.

『아이스크림이랑 케이크. 전골은 내일 먹을래. 고마워.』

다다다닷 하는 발소리가 들려오는 것을 보니 루카 님도 가버리신 모양이다.

『다음은 우리일세!』

『위스키, 위스키.』

애주가 콤비의 설렘 가득한 굵은 목소리.

정말 좋아하나 보네.

"이번에는 스카치위스키를 중심으로 골라보았습니다."

『늘 마시는 것도 들어 있는 건가?』

"물론 두 분이 좋아하시는 세계 제일의 위스키도 들어 있습니다."

『역시 뭘 좀 아는구먼.』

『그러게, 그러게.』

"그럼, 받아주십시오."

『감사하네. 무코다!』

『고마워!』

『좋았어. 오늘 밤은 마셔볼까~? 전쟁의 신!』

『물론이지! 대장장이의 신!』

허둥지둥하는 발소리와 으하하 하는 애주가 콤비의 기분 좋은 웃음소리가 멀어져 간다.

후우, 끝났다.

『저기, 저기. 물어보고 싶은 게 좀 있는데.』

응?

이 목소리는 키샤르 님인가?

어라? 아직 안 가셨네?

『좀 물어보고 싶은 게 있어서 기다렸어.』

"물어보고 싶은 거라니, 뭔가요?"

『지금 네 레벨 말이야. 레·벨. 재촉하는 건 아니지만, 다음 외부 브랜드도 슬슬 가능하지 않을까~ 해서. 그 왜, 다른 애들은 원하는 외부 브랜드가 들어와 있으니까 신나잖아. 그런데 내 경우엔 말이지…….』

아아, 그렇구나. 외부 브랜드.

그러고 보니 요즘은 스테이터스 확인을 안 해봤네.

듣고 보니 분명 키샤르 님이 원하는 외부 브랜드만 들어와 있지 않았구나.

신경 쓰일 만도 한가.

"한동안 확인을 안 했었으니까 한번 확인해볼게요. 하지만 전투는 그다지 하지 않아서 별로 안 올랐을 겁니다……. 스테이터스 오픈."

【이름】무코다(츠요시 무코다)

【나이】27

【종족】일단 인간

【직업】휩쓸린 이세계인, 모험가, 요리사

【레벨】78

【체력】467

【마력】460

【공격력】449

【방어력】441

【민첩성】365

【스킬】감정, 아이템 박스, 불 마법, 흙 마법, 사역마, 완전 방어, 획득 경험치 두 배 증가

　　　사역마(계약 마수) 펜리르, 휴즈 슬라임, 픽시 드래곤

【고유 스킬】인터넷 슈퍼, 《외부 브랜드》후미야, 리큐어 샵 다나카

【가호】바람의 여신 닌릴의 가호(소), 불의 여신 아그니의 가호(소), 대지의 여신 키샤르의 가호(소), 창조신 데미우르고스의 가호(소)

분명 전에 확인했을 때는 레벨이 77이었으니까 하나 올라간 건가?

"레벨이 78이 되었네요. 딱 하나 올라갔습니다."

『그러네. 분명 이제 던전에 간다고 했었지?』

"네. 어쩔 수 없이 가는 거지만……."

『어쩔 수 없이인지 어떤지 모르겠지만, 다음 외부 브랜드 해방 레벨인 80이 될 가능성은 높겠네.』

"던전에 들어갔다 나오면 레벨은 오르니까요. 그럴 가능성은 높지 않을까 싶습니다."

『혹시, 만약 말이야, 드러그스토어가 나오면, 그때는 부탁해!』

미용 제품에 진심인 키샤르 님이라면 그렇게 나올 만하지.

뭐, 드러그스토어라면 이것저것 파니까 편리하고, 선택지에 있다면 고르는 것도 괜찮을 터다.

입욕제 같은 것도 인터넷 슈퍼보다 종류도 풍부해질 테니, 목욕을 좋아하는 나로서는 기쁜 일이고.

드라 짱과 스이도 목욕을 아주 좋아하니까 좋아할 것 같은데.

"선택지에 있으면요."

『물론 그 점은 잘 알고 있어~. 이제 선택지에 드러그스토어가 있기를 기도해야겠네.』

하하, 여신님인데 기도하는구나.

『그럼, 그때는 부탁할게.』

"알았습니다."

세 번째 외부 브랜드인가.

과연 선택지에 뭐가 나오려나…….

"다들 돌아가셨나? 마지막은 데미우르고스 님께……."

『하하핫, 불렀는가?』

"으아앗……."

데미우르고스 님, 빨라.

"저기, 평소와 같은 일본 술과 안주입니다. 받아주십시오, 그리고 이번엔 고구마를 원료로 한 고구마 소주도 넣어보았으니 그것도 드셔보세요."

『고구마 술이라고? 그거 기대되는군. 그 녀석들 일도 포함해서, 언제나 고맙네.』

"아뇨, 아뇨. 여러분께 은혜도 받았으니까 이 정도는 해야죠."

『그런가. 이제 던전에 가는가 보던데?』

"네."

『20층 주변을 잘 찾아보면 좋은 게 있을지도 모르겠구먼. 하, 하, 핫!』

응? 20층?

좋은 거, 라.

데미우르고스 님의 말씀이니까 잘 기억해둬야지.

다음 날 아침, 드디어 이웃 나라의 던전을 향해 출발이다.

모두에게 배웅을 받으며 집을 뒤로했다.

그리고 모험가 길드에 들러서 마도구 판매 대금을 회수.

전부 구형이기도 해서 비싸게 팔리지는 않았다.

그도 그럴 것이, 물건들을 끌어모은 도둑 왕 자체가 몇백 년 전 사람이니까.

뭐, 어쩔 수 없는 일이지.

모험가 길드에 들렀다 나와서 곧장 문을 향해 갔다.

당장에라도 달려가고 싶어 하는 페르와 드라 짱과 스이 앞에서 다른 데 들르자고 했다간 큰일이 난다.

그리고…….

『드디어 난관 던전인가. 얼른 들어가고 싶구나.』

『맞아. 어떤 마물이 나올지 기대되는걸!』

『스이도 던전 기대돼~.』

"아니, 아니. 아직이거든. 그 이웃 나라의 던전까지 가는 길을 조사해봤는데, 거리가 상당했어. 로센달, 지난번 고기 던전이 있던 도시 말이야. 거기보다 먼 모양이더라."

『훗, 그 정도쯤 내 걸음으로는 별것 아니다. 당장에라도 도착해 주마.』

"뭐? 당장이라니. 잠깐, 잠깐. 나는 평소처럼 페르 등에 타야 하는 거지?"

『아, 네가 있었구나. 뭐, 고려는 하마.』

"이, 이봐! 고려는 한다니 무슨 소리……."

『스이는 늘 있는 곳에 있겠지?』

『응, 있어~.』

『드라는 내 속도를 따라올 수 있을 테니 문제없고.』

『당연하지.』

『그래. 그럼 이웃 나라의 던전을 향해서 출발이다.』

나를 태우고 휙휙 속도를 높이는 페르.

"엑…… 잠, 잠깐, 고려한다며?!"

『고려해서 이 속도다.』

"전혀 고려하지 않았잖아아아아아아앗! 우와아아아아아악!"

아침에 일어나면 엄마랑 아이야 아줌마가 해준 밥을 먹습니다.

아빠랑 엄마, 올리버 오빠, 엘릭 오빠, 토니 아저씨, 아이야 아줌마, 코스티 오빠, 세리야 언니, 타바사 선생님, 수염 아저씨, 커다란 오빠들.

모두 함께 먹습니다.

마을에 살 때는 잘 먹지 못했는데, 여기서는 맛있는 밥을 배부르게 먹을 수 있습니다.

더 먹어도 돼서 너무 좋습니다.

아침을 먹으면 일을 돕습니다.

오늘은 아빠 밭일을 돕습니다.

커다란 토마토가 잔뜩 열렸습니다.

아빠는 무코다 오빠 덕분이라고 합니다.

일을 다 하고 나면 점심을 먹습니다.

엄마랑 아이야 아줌마가 만든 점심도 다 함께 먹습니다.

점심도 아주 맛있습니다.

그다음엔 공부를 합니다.

공부는 별로 좋아하지 않지만, 아빠랑 엄마가 열심히 하라고 해서 열심히 하고 있습니다.

원래대로라면 공부를 할 수 없었을 거라고 합니다.

무코다 오빠 덕분에 할 수 있는 거라고 아빠랑 엄마가 말했습니다.

아빠랑 엄마랑 토니 아저씨랑 아이야 아줌마는 매일 무코다 오빠에게 감사를 드립니다.

아빠랑 엄마는 롯테도 감사해야 한다고 합니다.

잘 모르겠지만, 무코다 오빠는 맛있는 걸 잔뜩 먹게 해주니까 롯테도 아주 좋아합니다.

어른이 되면 무코다 오빠한테 시집을 가려고 합니다.

그 이야기를 했더니 아빠랑 엄마가 조금 기뻐했습니다.

왜일까요?

여기서는 매일 즐겁습니다. 오늘도 즐거웠습니다.

"다했다!"

"다 썼니? 어디, 보자."

"네, 타바사 선생님."

롯테가 선생님인 타바사에게 공책을 건넸다.

타바사가 공책에 적힌 글을 읽어나갔다.

글씨는 아직 삐뚤빼뚤하지만 제법 잘 썼다.

"꽤 잘 썼는걸."

타바사가 롯테에게 내준 주제는 '오늘은 무얼 했나요?'였다.

"그래, 모두 앞에서 발표해보렴."

"네에!"

지금은 무코다가 지시한 공부 모임 시간이다.

모두가 모여 있는 자리에서 롯테가 작문을 소리 내 읽었다.

그걸 들은 롯테의 부모인 앨번과 테레자는 겸연쩍은 얼굴을 했다.

아이는 어른을 안 보는 것 같으면서도 잘 보고 있는 법이다.

"아하핫, 롯테는 무코다 씨한테 시집을 가는 건가."

"부잣집 마나님이 되는 거네."

롯테의 작문을 제일 물고 늘어지는 것은 당연하다고 할까, 짓궂은 수인 쌍둥이였다.

"으음, 아직 모르겠지만 무코다 오빠는 맛있는 거 많이 먹게 해주니까, 시집가는 게 좋으려나? 하고 생각해."

롯테가 그렇게 대답하자 아하하 하고 웃는 짓궂은 쌍둥이.

"저기, 아빠. 부잣집 마나님이 뭐야?"

순수하게 궁금해서 아버지인 앨번에게 의미를 묻는 롯테.

그 질문에 어찌 답하면 좋을지 몰라 곤란한 표정을 짓는 앨번.

"엄마는 알아?"

이어서 롯테에게 질문을 받은 어머니 테레자도 곤란한 표정이 되었다.

"롯테 아가씨, 부잣집 마나님이라는 건 부자인 남자한테 시집 간 신부를 말하는 거란다."

도움의 손길을 내민 것은 드워프인 바르텔이었다.

"부잣집에 시집가면 갖고 싶은 걸 살 수 있고 맛있는 것도 먹을 수 있다고."

"그럼, 그럼. 돈 걱정 없이 좋은 생활을 할 수 있지."

쌍둥이가 쓸데없는 정보를 들려주었다.

"너희, 괜한 소리 하지 마!"

궁하고 누나인 타바사가 쌍둥이의 머리에 꿀밤을 때렸다.

"와아~ 그렇구나! 그러면 있지, 저기 있지, 롯테는 무코다 오빠한테 시집갈래!"

맛있는 걸 먹을 수 있다는 그 한마디에 낚여서 무코다한테 시집을 가겠다는 무사태평한 롯테.

한편 소곤소곤 이야기하는 토니와 아이야 부부, 그리고 그 딸인 세리야.

세리야의 얼굴이 점점 붉어져 갔다.

자식이 고생하지 않고 살길 바라는 것은 어느 부모나 마찬가지일 터였다.

"그보다, 누님은 부잣집에 시집가고 싶지 않은 거야?"

"으음, 무코다 씨한테는 정말로 감사하는 마음이지만, 결혼하고 싶으냐 하면 말이지. 뭐랄까, 그런 대상은 아니라고 할까……."

"누님한테 그런 말을 듣다니, 무코다 씨가 너무 불쌍해."

"혼기를 놓쳐놓고 뭘 고르고 앉아 있는 거냐고."

"너희 말이야!"

쓸데없는 한마디를 한 탓에 이번에야말로 타바사에게 맞은 쌍둥이.

그 모습을 보고 그 자리에 있던 모두가 웃었다.

"하지만 무코다 씨에게는 아무리 감사해도 부족하지."

절절하게 그리 말한 것은 바르텔이었다.

그 말에 이곳에 있던 모두가 고개를 끄덕였다.

"이 나라에서 노예는 최저한의 생활을 보장받지만, 그래도 노예니까 자유도 없이 더 험하게 다뤄질 거라고 각오했었어…….”

평소 과묵한 페이터가 그렇게 말했다.

보통은 페이터가 말한 대로다.

최저한의 생활은 보장된다고 해도 노예는 노예.

보통 사람들이 하기 싫어하는 일을 맡게 되는 경우가 많은 데다, 일하는 시간도 긴 것이 당연했다.

“평범하게 살았던 모험가 시절이랑 비교해도, 지금 이곳에서의 생활은 천국이나 다름없을 정도야.”

그런 타바사의 말에 몇 번이고 고개를 끄덕이는 이들.

“맞아. 누님 말대로야. 모험가 시절엔 수입이 불안정했으니까……. 살 곳이나 밥 걱정을 안 해도 된다는 건 최고지.”

“우리는 노예인데, 무코다 씨는 고급 고기 같은 걸 먹여주잖아. 이래도 되는 건가 싶어서 오히려 걱정이 될 정도라고.”

루크와 어빙이 타바사의 뒤를 이어 그렇게 말했다.

“우리 같은 사람한테도 이렇게 글을 배울 기회를 주시고, 무코다 씨는 정말로 신 같은 분이에요.”

그리 말한 것은 글자를 쓸 줄도 읽을 줄도 모르는 채 어른이 되어버린 토니였다.

“동감입니다. 우리는 까막눈인 채 어른이 되었으니까요. 그건 어쩔 수 없는 일이라 여겼었는데, 이렇게 이 나이에 조금씩이지만 글을 읽고 쓸 수 있게 될 줄은……. 정말로 감사한 일입니다.”

가난한 농사꾼 집에서 태어나 공부는 꿈도 꾸지 못했던 앨번이 절실하게 그리 말했다.

그 두 사람의 아내인 아이야와 테레자도 남편들의 말에 크게 고개를 끄덕이고 있었다.

"무코다 씨께 은혜를 갚기 위해서도 우리는 무코다 씨에게 지시받은 걸 제대로 해내면서 이 집을 잘 지켜야만 하네."

"그래, 맞아. 바르텔이 말한 대로야. 그런고로, 다시 공부 시작하자."

타바사의 그 말에 "에이~" 하고 싫다는 소리를 낸 것은 쌍둥이였다.

"당연한 거잖아. 이 공부 모임도 무코다 씨의 지시니까. 너희도 그만 포기하고 제대로 공부해."

"쳇, 공부에서 관심을 돌리게 했나 싶었는데. 무코다 씨한테는 매우 감사하고 있지만, 이 나이에 공부라니 너무 싫다고."

"그러니까 말이야."

쌍둥이가 불만을 늘어놓자 타바사의 이마에 핏줄이 섰다.

"토니네와 앨번네를 봐. 조금이라도 더 글을 읽고 쓸 수 있게 되겠다며 노력하잖아! 그런데 너희는! 너희가 내 동생이라니 한심하다."

"그렇지만."

"맞아. 우리는 충분히 읽고 쓸 수 있거든."

"충분하지 않으니까 이렇게 된 거잖아! 정말이지. 너희한테는 특별히 숙제를 내주겠어! 그걸 이 공부 시간이 끝날 때까지 해내지 못하면, 내일 하루 굶을 줄 알아!"

"그런 게 어디 있어!"

"횡포야!"

"이러쿵저러쿵하지 말고 시키는 대로 해!"

수인 남매의 대화에 한숨을 내쉬는 바르텔과 페이터.

"저 녀석들도 참 질리지도 않는군……."

"루크도 어빙도 쓸데없는 소리만 안 하면 좋은 녀석들인데……."

그렇게 말하면서, 선생님 역할인 바르텔과 학생인 페이터는 남매를 내버려 두고 다시 공부를 시작했다.

가장 똑똑한 사람은 대화에 끼지 않고 묵묵히 공부를 계속하던 올리버, 엘릭, 코스티, 세 남자아이인지도 모른다.

토니와 아이야, 앨번과 테레자는 자신의 아이들에게 "저런 어른이 되면 안 된다"라며 조용히 주의를 주었다.

"저기가 국경인가. 사람이 많네."

레온하르트 왕국과 엘만 왕국은 교류가 활발하다고 듣기는 했는데, 오가는 사람도 많은 모양이었다.

우리도 서둘러 국경을 넘기 위해 줄을 섰다.

페르와 드라 짱과 스이(주로 페르였지만)를 보고 놀란 사람이 다수 나왔지만, 얌전히 나를 태우고 있는 모습에 "뭐야? 사역마였어?"라며 안심하는 것까지가 이제는 하나의 약속이 되었다.

보아하니 교류가 활발한 만큼 국경을 통과하는 데도 길드 카드만 있으면 비교적 절차가 간단한 듯했다.

그럼 괜찮으려나 생각하며 국경의 병사에게 길드 카드를 보여주었다.

보여준 것까지는 좋았는데, 어째서 내 차례가 된 순간 지금까지 있던 병사 대신에 조금 계급이 높아 보이는 사람이 나온 걸까?

"무, 무코다 님이시군요. 엘만 왕국에 오신 것을 환영합니다. 우, 우리 나라를 편히 즐겨주십시오."

"네에."

다른 사람 때는 말없이 길드 카드를 확인할 뿐이었는데. 의아하게 여기며 병사에게 길드 카드를 돌려받았다.

국경의 문을 통과할 때, 병사들이 소곤소곤 이야기하는 소리가 들려왔다.

"저 사람이 펜리르를 데리고 있는 모험가야?"

"조그만 드래곤이랑 슬라임도 데리고 있대."

"대장님 엄청나게 긴장했었지?"

"그야 그럴 만하지. 왕궁에서 직접 내려온 거잖아. 펜리르를 데리고 있는 무코다인가 하는 모험가가 나타났을 때는 부디 정중하게 대하라고 말이야."

"그런데 또 귀족 같은 거창한 대우는 금지라고 했던가?"

"맞아, 맞아. 어디까지나 자연스럽게 대하라고 했대."

"그리고 가능하면 은근슬쩍 우리 나라를 어필하라는 당치도 않은 지령이었다나?"

"대장님, 일을 마치고 안심하더라고."

"그야 그럴 만하지. 전설의 마수를 눈앞에 두고서 지령을 완벽하게 해낸 것만으로도 대단한 일이잖아."

"그러니까."

……레벨 업으로 귀가 밝아져서 다 들리고 있거든요.

그나저나, 우리에 관해 왕궁에서 직접 지령을 내리다니. 레온하르트 왕궁에서 뭔가 연락이라도 한 거려나?

잘 모르겠지만, 뭐 무사히 엘만 왕국에 입국했으니까 됐다 치자.

『던전은 이 나라에 있는 거였지? 어서 가자.』

『얼른 들어가고 싶어!』

『던전, 던전.』

"다들 진정해. 브릭스트 던전까지는 아직 한참 더 가야 하니까."

『음? 그런 것이냐?』

"응. 지금 딱 절반쯤 왔으려나. 그래도 빠른 페이스로 온 거라고. 보통은 마차를 써도 두 달 가까이 걸린다고 하니까."

『뭐야. 던전까지는 아직 먼 거냐고.』

『얼른 던전 도착하면 좋겠다~.』

던전까지는 더 가야 한다는 사실을 알고 조금 실망하는 페르와 드라 짱과 스이.

"던전은 어디 도망가거나 하지 않아. 조금 더 여행을 즐기면서 가자."

◇ ◇ ◇ ◇ ◇

던전이 있는 브릭스트를 향해서 길을 나아가는 우리 일행.

『어이, 전방에 마물에게 습격을 받는 녀석들이 있다.』

페르가 달리면서 염화를 보냈다.

『뭐?』

『습격한 마물은 숲 전갈이다.』

『숲 전갈? 전갈이면 독이 있는 거야?』

『그래. 있다. 그놈은 교활하게도 두 종류의 독을 구분해서 쓴다. 먹지 못하는 적에게는 즉사 계통의 독을 쓰고, 먹이가 되는 적에게는 마비 계통 독을 쓰지.』

『우와아아아아앗, 그걸 얼른 말했어야지! 드라 짱, 먼저 가서 도와줘!』

그렇게 부탁하자 드라 짱이 『알았어!』라며 빠른 속도로 날아갔다.

『우리도 서둘러 가자.』

『그래. 뭐, 드라가 갔으니 걱정할 건 없을 테지만 말이다.』

우리도 드라 짱의 뒤를 쫓았다.

"저기요. 괜찮으신가요?"

보이기 시작한 것은 간소한 마차와 그 주변에 주저앉은 사람들. 아직 공포에 질려 넋이 나가 있었다.

『드라 짱, 숲 전갈은?』

『물론 쓰러뜨렸지. 봐, 저기.』

"우와아, 크다……."

드라 짱이 가리킨 마차 앞쪽을 보니 꼬리까지 하면 몸길이가 3미터 이상은 될 듯한 커다란 전갈이 죽어 있었다.

흉악한 그 모습에 무심코 얼굴을 찌푸렸다.

『흐흥, 얼음 마법으로 꿰뚫어 버렸지.』

그렇게 말하며 의기양양해하는 드라 짱.

"잘했어."

『그럼, 오늘 디저트 푸딩 양을 두 배로 늘려줘.』

"아, 그래 그래. 알았어, 알았어."

『음, 그거라면 숲 전갈에게 습격받는 녀석들에 관해 알려준 내 공도 있을 텐데.』

"알았어, 알았어."

『푸딩? 달콤한 간식 먹는 거야?』

아앗, 푸딩 이야기에 스이도 깨서 가방에서 기어 나왔잖아.

"달콤한 건 저녁밥 먹은 다음에."

『지금 먹는 거 아니구나~……. 아, 처음 보는 게 있어!』

숲 전갈을 보고 흥미를 느꼈는지 스이가 뿅뿅 뛰어올랐다.

『엣헴, 내가 쓰러뜨렸지!』

『드라 짱이? 좋겠다~. 스이도 쓰러뜨리고 싶은데.』

저 흉악하고 커다란 전갈을 보고도 우리 트리오는 누구 하나 겁을 먹지 않는구나. 아하하…….

나는 죽었다는 걸 알아도 그다지 가까이 가고 싶지 않은데.

"자이언트 포레스트 스콜피온을 쓰러뜨린 작은 드래곤은, 당신 사역마인가?"

가죽 갑옷을 입은 20대 중반의 모험가로 보이는 남자가 말을 걸어왔다.

"네."

"덕분에 살았어. 감사해."

"저기, 저 마물은 숲 전갈이라고 부르는 게……."

"흔히 그렇게 부르기도 하는 모양이야."

페르가 숲 전갈이라고 한 이 마물의 정식 명칭은 자이언트 포레스트 스콜피온이란다.

"마차 주변에 있는 사람은 괜찮아 보이는데, 부상자는 없습니까?"

"그게, 우리 파티 멤버 중 한 명이 마비 독에 당해버렸어……. 이미 도움을 받아놓고 이런 것까지 묻기 염치없지만, 해독 포션을 갖고 있을까? 갖고 있다면 팔아줬으면 하는데."

으음, 해독 포션까지 갖고 다니지는 않는데.

솔직하게 없다고 말하자, 기대는 하지 않았던 모양인지 "역시 그렇겠지……"라고 말하며 어깨를 축 늘어뜨렸다.

마비 독이라면 목숨에 별 지장은 없는 거 아닌가?

그런 생각을 하고 있으려니 로브를 입은 가느다란 체구의 남자가 다가왔다. 비슷한 나이대의 파티 멤버인 모양이었다.

"역시 해독제는 없는 거야?"

"응."

"이제 어쩔 수 없겠네. 저 녀석이 죽지 않은 것만으로도 감지덕지라고 여기고 포기하자고."

"그럴 수밖에 없겠어."

두 사람 모두 상당히 심각한 얼굴인데, 괜찮은 건가?

"저기, 왜 그러시나요?"

"이런, 실례했어. 당신한테 말해본들 별수 없는 이야기지만……."

이야기를 들어보니, 이건 승합 마차 호위 의뢰였다고 한다. 이대로라면 의뢰 실패까지는 아니더라도, 파티 신용에 문제가 생길 것 같다는 것이었다.

이 숲 전갈, 그러니까 자이언트 포레스트 스콜피온의 마비 독은 다른 즉사 계열 독과는 달리 죽는 일은 없지만, 효과가 강해서 독이 빠지는 데 하루가 꼬박 걸린다고 한다.

"우리는, 나랑 이 녀석이랑 독에 당한 녀석까지 셋이서 파티를 짜고 있거든. 그중 한 사람이 꼬박 하루 일할 수 없게 된 데다, 좁은 마차에 태워달라고 해야만 하는 상황이라……."

호위로서 의뢰를 수행하는 중에 그중 한 사람이 그 일을 해낼 수 없게 되었다는 것은 분명 문제가 될지도 모르겠다.

"해독 포션이 있으면 만회의 여지가 있었을 텐데, 없는 건 어쩔 수 없지."

그나마 다행스럽게도 승합 마차도 무사하고 마부와 손님 중에도 부상자는 없었다.

해독 포션으로 일행을 회복시켰다면 어떻게든 큰 문제로 발전하지 않고 일이 수습되었을 거라고 한다.

내 경우엔 페르와 드라 짱과 스이가 있는 덕분에 감사하게도 이러한 상황과는 인연이 없지만, 평범한 모험가에게 신용이란 건 매우 중요할지도 모른다.

지명 의뢰 수와도 관계가 있을 테고.

뭐, 신용이라는 건 어떤 일에서든 중요한 부분이지만.

그나저나 해독 포션까지는 아무래도 가지고 다니질 않는데.

그냥 포션이라고 할까, 스이 특제 포션이라면 있지만.

············잠깐. 해독?

아! 가능할지도 모르겠는걸.

전에 와이번한테 당한 모험가에게 스이 특제 상급 포션을 썼더니 독도 사라졌던 것이 떠올랐다.

어쩌면 스이가 만드는 특제 포션에는 해독 효과도 있을지 모른다.

『페르, 와이번 독은 치사 독이야?』

염화로 페르에게 묻자 『그렇다』라는 답이 돌아왔다.

『이 숲 전갈과 비교하면 어때?』

『양쪽 다 치사 독이기는 하지만, 와이번 쪽이 약간 강한 독일 듯하다.』

과연.

그렇다면 숲 전갈의 마비 독은 와이번 독을 없앤 상급 포션까지는 필요 없을지도 모르겠다.

일단 스이 특제 중급 포션으로 상태를 살피고, 효과가 없어 보이면 상급 포션으로 대응하자.

"저기, 해독 포션은 아니지만, 이 포션이라면 독에도 효과가 있을 겁니다. 그런 말을 듣고 산 물건이거든요."

살짝 거짓말을 더해서 그렇게 전해보았다.

"정말이야?! 그런 게 있다니. 어이⋯⋯."

"그래. 파티 평판이 걸린 일이다. 랭크가 올라서 겨우 거래처가 늘기 시작한 참이니까, 가능한 한 평판을 떨어뜨리고 싶지 않아. 꼭 우리에게 줬으면 해."

두 사람의 결단은 빨랐다.

나는 가지고 있던 스이 특제 중급 포션을 건넸다.

로브 차림의 남자가 바로 쓰러진 멤버에게로 다가가서는 마비 독을 당한 팔의 상처 부위에 스이 특제 중급 포션을 뿌렸다.

검붉게 변색된 팔의 상처가 순식간에 아물고, 피부색도 원래의 평범한 색으로 돌아왔다.

"우으⋯⋯."

독에 당해 쓰러졌던 멤버가 천천히 눈을 떴다.

"오오! 정신이 들어?!"

걱정스레 지켜보고 있던 가죽 갑옷 차림의 남자가 소리를 질렀다.

"이걸 마셔."

로브 차림의 남자가 독에 당한 멤버의 고개를 받쳐 올리고 남은 중급 포션을 삼키게 했다.

잠시 후, 독에 당한 멤버의 의식도 돌아왔고 자력으로 일어설 수 있을 만큼 회복했다.

"독이 빠르게 사라졌는데?"

"상처도 아주 잘 아물었어."

스이 특제 중급 포션의 효과에 로브 차림의 남자도 가죽 갑옷 차림의 남자도 놀랐다.

나는 어깨가 살짝 으쓱해졌다.

스이가 만들었다고 말할 수는 없지만.

"이걸로 어떻게든 되겠어. 정말로 살았어. 고마워. 그래서, 가격 말인데……."

효과가 좋은 것을 보고 상급에 가까운 포션이라고 생각했는지, 가진 돈으로 부족하면 어쩌나 걱정하는 눈치였다.

보통 중급 포션이 분명 금화 한 닢이었으니, 그 가격을 말했다. 그랬더니 다들 깜짝 놀랐다.

이런 효과를 가진 포션인데 정말 그 가격으로 괜찮겠느냐고 몇 번이고 질문했지만, 스이 특제 포션이라고는 해도 중급 포션이라는 것은 틀림이 없으니까.

그보다, 스이에게 부탁해서 만든 거니까 돈도 들지 않았고.

그래서 금화 한 닢이면 된다고 했는데, 그런 효과에 그 가격은 너무 싸다며 배인 금화 두 닢을 건네기에 감사히 받기로 했다.

그 대신이라고 하기는 뭐하지만, 중급 포션이 더 있다면 사고 싶다고 하기에 기꺼이 팔아줬다.

스이 특제 중급 포션은 재고가 제법 있으니까.

"고마워. 앞으로를 생각하면, 지금 독에 효과가 있는 포션을 구한 건 감사한 일이야. 이런, 정신이 없어서 자기소개도 안 했네."

이 세 사람은 최근 C랭크로 갓 올라간 '트릭스터'라는 모험가 파티라고 자신들을 소개했다.

리더는 로브 차림의 마법사 제레미아고, 가죽 갑옷 차림의 검사가 루밀, 독에 당해 버린 사람이 척후인 류크.

셋이서 왕도로 가는 승합 마차의 호위를 맡아 동행하는 중이었다고 한다.

나도 자기소개를 했고, 일단 S랭크라고 알리자 세 사람은 엄청나게 놀랐다.

뭐, 내 입으로 말하기는 뭐하지만, 도저히 S랭크로는 보이지 않을 테니까. 하하하.

"역시 S랭크야. 좋은 약을 갖고 있잖아. 그 덕분에 살았으니 우리는 운이 좋아."

루밀이 그렇게 말하자 제레미아도 류크도 "맞아"라며 고개를 끄덕였다.

그리고 류크는 포션의 출처가 나라는 사실을 알자 몇 번이고 감사 인사를 했다.

"설마 이 주변에서 자이언트 포레스트 스콜피온이 나올 거라고는 상상도 못 했어……."

류크의 그 말에 다른 두 사람도 심각한 얼굴을 하며 긍정했다.

이야기를 들어보니, 아무래도 숲 전갈은 평소 이 주변에서는 볼 수 없는 마물이라고 한다.

애초에 이 주변엔 독을 가진 마물이 나온다는 이야기는 없었다고 하니, 해독제를 가지고 있지 않았던 것도 이해가 되었다.

여기서 자이언트 포레스트 스콜피온이 나타났다는 것은, 앞으로 가는 길에도 나올 수 있다는 뜻.

그 점을 생각하면 여기서 내게 독에 효과가 있는 스이 특제 중급 포션을 살 수 있었던 것은 다행스러운 일이라고 했다.

그런 느낌으로 잠시 세 사람과 이야기를 나눈 다음…….

"승객 쪽도 진정된 모양이고, 류크도 괜찮아 보이니까 저희는 슬슬 가보겠습니다."

아까부터 우리 애들이 염화로『가자, 가자』하고 노래를 부르고 있는지라.

이런 데서 멈춰 있지 말고 어서 던전을 향해서 가고 싶은가 보다.

"정말 큰 도움이 됐어. 고마워!"

"우리는 평소 왕도에 있으니까 왕도에 오면 찾아주세요. 안내할게요."

"감사했습니다!"

"그럼, 먼저 실례."

승합 마차와 '트릭스터' 세 사람을 남겨두고 우리는 가도를 나아갔다.

숲 전갈, 그러니까 자이언트 포레스트 스콜피온은 독과 외피

등이 소재가 되며 꽤 괜찮은 가격으로 거래가 된다고 한다. 물론 내가 회수해 가져가기로 했다.

그나저나 평소 이 주변에서는 보이지 않던 숲 전갈이 나왔다는 게 신경 쓰이는데…….

뭔가에 쫓겨서 왔다던가?

아니 아니, 설마.

우연일 뿐이겠지. 우연.

…………그렇겠지?

『어이, 뭘 멍하니 있는 것이냐? 제대로 잡아라.』

갑자기 머릿속에 울린 페르의 목소리.

"으와아앗."

균형을 잃을 뻔하기 직전에 페르의 목을 단단히 붙들었다.

『아, 알고 있거든!』

『하하핫, 떨어지지 말라고.』

이번에는 드라 짱이 염화로 장난스럽게 끼어들었다.

날 수 있다고 해서 웃지 말라고. 정말이지.

『주인 배고파~.』

가죽 가방 안에 있던 스이에게서는 배가 고프다는 염화가 전해져 왔다.

『조금만 더 참자.』

『그래. 나도 배가 고프지만, 일단 갈 수 있는 만큼 더 가자. 그러면 던전에 더 가까워질 테니 말이다.』

『맞아, 얼른 던전에 들어가고 싶다고!』

137

『알았어~. 스이도 던전 얼른 가고 싶으니까 참을게.』

페르와 드라 짱과 스이의 식욕을 이기다니, 던전 무시무시하네.

◇ ◇ ◇ ◇ ◇

해가 저물어갈 무렵, 길 저편으로 마을이 보이기 시작했다.

사전에 조사한 거리대로라면…….

"저건 아마도 힐슈펠트라는 도시일 거야. 마침 잘됐다. 저기로 들어가자."

『음, 들어가는 것이냐?』

"응. 그러면 고맙겠는데. 이제 슬슬 푹신한 침대에서 편하게 자고 싶거든."

『도시 같은 데 들르면 던전에 가는 게 늦어지지 않겠어?』

『드라 말대로다. 지금은 이대로 계속 가야 할 때다.』

마을에 들어가자고 했더니 페르와 드라 짱이 난색을 표했다.

"아니, 아니. 들어가자. 여기까지 오는 도중에 아무 데도 들르지 않았고. 그 왜, 모험가 길드 측에서도 말했었잖아. 가는 길에 있는 도시에서는 가능한 한 의뢰를 받아달라고."

『하지만 말이다…….』

"게다가 마을에 들르면 요리도 할 수 있어서 맛있는 밥을 먹을 수 있거든? 평소처럼 집을 빌리면 넓은 욕조에도 들어갈 수 있고."

탐탁지 않아 하는 페르와 드라 짱에게 마을에 들어가는 장점을 어필했다.

『맛있는 밥이라.』

『넓은 욕조…….』

"그렇다니까. 던전은 도망가지 않으니까, 잠깐 마을에 들렀다 가자."

『으음, 잠깐만이다.』

『욕조가 넓은 집을 빌리라고.』

페르와 드라 짱에게 겨우 동의를 얻어서 우리는 힐슈펠트로 들어갔다.

참고로, 그 사이에 스이는 늘 그랬듯이 가방 안에서 새근새근 자고 있었다.

◇ ◇ ◇ ◇ ◇

거실에 있는 고풍스럽고 화려한 의자에 앉아서 팔을 들고 쭉 기지개를 켰다.

"후우~ 이걸로 오랜만에 침대에 누워서 푹 잘 수 있겠네."

마을에 들어온 우리는 우선 상인 길드로 향해서 평소처럼 집 한 채를 빌리기로 했다.

그리고 빌린 것이 바로 이 집이다.

방이 열두 개로 평소보다 좀 넓지만, 욕조가 커서 나도 드라 짱도 마음에 들었던 것과 내일 갈 예정인 모험가 길드와 가까운 것이 결정적인 이유가 되었다.

집이 크고 입지 조건이 좋아서 임대료는 조금 비쌌다. 그래도 페르와 드라 짱과 스이 덕분에 돈은 부족하지 않은지라 첫 집을 소개받자마자 바로 계약했다.

『저기, 저기, 주인. 밥은?』

『그래, 나도 배가 고프다.』

『나도 배고픈데.』

방금 엉덩이를 붙였는데 바로 그러기냐~.

"알았어. 알았는데, 조금 쉬게 해줘."

한숨 돌리게 해달라고.

『마을에 들어가면 맛있는 밥을 먹을 수 있다고 말한 건 너다. 기대하고 있다.』

으윽…… 페르 씨, 묘하게 압박하지 말아줬으면 합니다.

분명 그렇게 말하기는 했지만, 지금 처음부터 다 만드는 건 귀찮은데.

하지만 아이템 박스에 넣어둔 미리 만든 음식을 내놓으면 이러쿵저러쿵 불만을 늘어놓겠지…….

그러면 만들어둔 걸 어레인지해서 뭔가 만드는 게 좋으려나.

그렇다고 하면…… 그래, 그걸로 하자.

이제부터 할 요리는 만들어둔 닭튀김을 이용한 얼렁뚱땅 유린기다.

닭튀김은 다들 좋아하기도 하고, 잔뜩 튀겨놔서 아직 많이 남아 있다.

냉동 닭튀김이나 먹고 남은 닭튀김이 있고, 살짝 다른 맛을 느껴보고 싶을 때 딱이다.

만들 게 정해졌으니 주방으로 가볼까.

응, 주방도 호화스럽네.

유린기 소스를 만들기만 하면 되는지라 조금 면목이 없을 정도지만, 오늘은 일단 그렇게 가자.

인터넷 슈퍼에서 소스에 쓸 대파와 마늘과 생강, 그리고 닭튀김 아래 깔 양상추를 샀으니, 얼른 만들어볼까요.

우선은 유린기 소스 만들기다.

파의 흰 부분을 잘게 썰고, 마늘과 생강은 갈아둔다. 간장, 식초, 물, 참기름, 꿀을 섞으면 유린기 소스 완성.

엄청 간단하다.

귀찮을 때는 튜브에 든 마늘과 생강을 써도 충분히 맛있다.

그리고 오늘은 가지고 있던 꿀이 있어서 썼지만, 설탕을 넣어도 당연히 괜찮다.

맛을 한번 보니…… 식초를 조금 더 넣어도 괜찮을 것 같은데.

식초를 조금 더 넣고 소스 준비를 끝냈다.

다음은 아래 깔 양상추 준비다.

양상추는 1센티미터 폭으로 잘라서 차가운 물에 넣어 아삭한 식감을 살린다.

물기를 제거한 양상추를 접시에 깐 다음 아이템 박스에 넣어둔 여전히 갓 튀긴 것처럼 뜨끈뜨끈한 닭튀김을 담는다.

그리고 그 위에 유린기 소스를 뿌리면 얼렁뚱땅 유린기 완성이다.

시식했더니 식초가 들어간 상큼한 소스가 닭튀김과 어우러져서 아주 맛있었다.

유린기 소스는 넉넉하게 만들어뒀으니, 애들의 추가 주문 대책도 완벽하다.

준비된 요리를 거실에서 기다리고 있는 페르와 드라 짱과 스이에게 서둘러 가져갔다.

"다 됐어."

『그건 닭튀김이냐? 닭튀김이라면 얼마 전에도 먹지 않았느냐……? 뭐, 맛있으니까 상관없기는 하다만.』

"닭튀김은 닭튀김이지만, 그 위에 상큼한 소스를 뿌렸거든. 또 다른 맛을 느낄 수 있을 테니까 일단 먹어봐."

그렇게 말하자 코를 킁킁거린 페르가 얼렁뚱땅 유린기를 한입 먹었다.

그걸 꿀꺽 삼키더니 우걱우걱 기세 좋게 먹기 시작했다.

우선 페르 마음에는 들었나 보네.

『그대로 먹는 닭튀김도 맛있지만, 이런 상큼한 소스를 뿌려서 먹는 것도 또 맛있네!』

드라 짱도 그렇게 말하면서 얼렁뚱땅 유린기를 덥석덥석 먹었다.

『이 살짝 신 양념이 닭튀김이랑 아주 잘 어울려. 스이, 이거 아주 좋아!』

그렇게 말한 스이의 접시에서는 얼렁뚱땅 유린기가 순식간에 사라져갔다.

『어이, 더 다오.』

『나도 더 줘!』

『스이도 더 먹을래!』

모두가 만족할 때까지 얼렁뚱땅 유린기를 내주었다.

나도 그사이에 얼렁뚱땅 유린기를 실컷 먹었다.

흰밥과도 잘 어울려서 살짝 과식을 하고 말았지만.

그리고 식후에는 이제 약속이나 다름없는 디저트를 먹었다.

페르는 늘 그렇듯 입 주변에 하얀 크림을 묻혀가며 딸기 쇼트 케이크를 맛있게 먹었다.

드라 짱은 푸딩을 소중하게 끌어안고서 맛있게 먹고 있었다.

스이는 좋아하는 초콜릿케이크를 기쁜 듯 푸들푸들 떨면서 삼켰다.

나는 살짝 과식을 한 만큼 디저트 없이 최근 즐기게 된 홍차를 마셨다.

"내일은 아침밥을 먹고 나서 모험가 길드에 찾아갈 거야."

『의뢰인가. 흐음, 서둘러 던전에 가고 싶은 마음이다만.』

"에이, 그런 말 하지 말고. 너희가 재미있어할 만한 의뢰가 있을지도 모르잖아."

『그랬으면 좋겠지만 말이지.』

"드라 짱도 그런 말 하지 마. 가보지 않으면 모르잖아."

『주인, 괜찮아. 스이가 다 해치워버릴 거야.』

"그렇구나, 그렇구나. 스이만 믿을게. 그럼 모두 다 먹은 것 같으니까, 목욕할까?"

나는 잔에 남아 있던 홍차를 전부 마셔 비우고 의자에서 몸을 일으켰다.

『오옷, 목욕이다! 목욕!』

『목욕~.』

목욕을 좋아하는 드라 짱과 스이는 오랜만에 넓은 욕조에 들어간다며 기뻐했다.

"페르도 할래?"

『할 리가 없지 않으냐. 나는 먼저 자겠다. 이불을 준비해둬라.』

"네네, 페르용 이불 말이지?"

메인 침실에 페르 전용 이불을 깔자 페르가 뒹굴 누웠다.

"그럼 우리는 목욕하고 올게."

『그래.』

아아, 당연하다는 듯이 평소처럼 메인 침실에 페르 이불을 깔기는 했는데, 방이 열두 개나 있으니까 각각 방을 따로 써도 괜찮지 않았을까?

이제 와서 다른 방으로 가라고도 할 수는 없는 일이니까, 뭐 됐나.

그런 생각을 하면서 드라 짱과 스이가 기다리는 욕실로 향했다.

그리고 먼저 욕조에 몸을 담그고 있던 드라 짱과 스이와 함께 나는 오랜만에 넓은 욕조를 만끽했다.

다음 날 아침, 우리는 이 도시의 모험가 길드로 걸음을 옮겼다.

카레리나의 모험가 길드와 비교하면 조금 아담한 건물 안은 아침부터 시끌벅적했다.

가까이에 있던 모험가에게 말을 걸어보았다.

"무슨 일 있나요?"

"응? 당신, 여기 온 지 얼마 안 된 건가? ……으앗, 커다란 일행이 있잖아. 작은 드래곤까지."

내 질문에 대꾸하며 돌아본 모험가가 페르와 드라 짱을 보고 놀랐다.

"양쪽 다 제 사역마입니다."

"테이머인가. 별일이군. 아, 그렇지. 이 소동은 말이지, 남쪽 숲이 출입 금지가 된 탓이야."

이야기에 따르면 남쪽 숲에 들어간 몇몇 모험가 파티가 마을로 돌아오지 않았고, 모험가 길드가 마침 이 도시에 있던 B랭크 모험가 파티를 숲 조사를 위해 보냈다고 한다.

그리고 오늘 아침에 도시의 문이 열리자마자, 그 모험가 파티가 모험가 길드로 달려와 남쪽 숲에 타이런트 포레스트 파이선이라고 하는 뱀 마물이 나왔다고 보고했다는 것이다.

이 타이런트 포레스트 파이선이라는 마물은 뱀 계열의 마물이지만 독은 없다. 그러나 덩치가 매우 크고 대식가라는 특징이 있어서, 이 마물이 나타난 숲에서는 마물이건 뭐건 살아 있는 것은 전부 사라진다는 말까지 있다고 한다.

　그런 점을 바탕으로 생각해보면, 남쪽 숲에 들어가 아직까지 돌아오지 않았다고 하는 몇몇 모험가 파티 멤버들은 십중팔구 잡아먹혔을 것이라고도 했다.

　"그나저나, 그 조사에 나섰던 모험가들은 용케 돌아왔군요."

　이야기를 듣는 한, 그 타이런트 포레스트 파이선과 마주쳤으니 잡아먹힐 가능성이 컸을 거라고 보는데.

　"맞아. 그건 운이 좋았지. 본 건 꼬리 쪽이었다는 모양이야. 그걸 보고 위험하다고 생각해서 뒤도 돌아보지 않고 도망쳐 왔대."

　과연.

　그나저나 커다란 뱀 마물이라.

　인연이 있다고 할까, 페르가 사냥해 오거나 던전에서 마주치거나 하는 등 커다란 뱀 마물은 몇 번인가 봤었는데. 그 타이런트 포레스트 파이선이라는 건 얼마나 커다란 걸까?

　이럴 때는 최고 연장자인 페르에게 묻는 게 가장 빠르겠다 싶어서 염화로 페르에게 물어보았다.

　『페르, 그 타이런트 포레스트 파이선이란 거 알아?』

　『그래. 물론 안다. 그건 덩치만 크고 머리가 나쁜 뱀이다.』

　그거라고 부르는 데다 머리가 나쁘다는 말까지 하고 있다.

　『나와 힘 차이가 나는 것도 모르고 나를 보자마자 먹으려고 덤벼든 멍청한 놈이다.』

　『그 마물, 나도 전에 만난 적 있어. 나도 먹으려고 했지. 열받아서 번개 마법을 두르고 배때기에 바람구멍을 내줬는데, 그 녀석 죽지를 않더라고. 피를 철철 흘리면서 도망치길래 놔줬지.』

타이런트 포레스트 파이선이라는 건 페르만이 아니라 드라 짱도 알고 있는 모양이었다.

그런데, 마법을 몸에 두른 드라 짱의 공격을 받고 몸통에 바람구멍이 뚫렸는데도 살다니, 말도 안 되는 생명력이네.

『음, 드라도 알고 있는 것이냐. 확실히 그 녀석은 끈질겼지.』

페르도 잡아먹힐 뻔한 상황에 당연히 속공으로 쓰러뜨렸지만, 목을 잘랐음에도 한동안 꿈틀꿈틀 움직였다고 한다.

『그건 사냥해본들 쓸모가 없다. 고기는 질긴 데다 누린내도 나서 도저히 먹을 게 못 된다.』

페르가 그리 말하며 얼굴을 찌푸렸다.

『페르는 그거 먹은 거야? 놔준 다음에 그냥 쓰러뜨리고 고기를 먹을 걸 그랬다고 생각했는데, 그렇게 맛없는 고기라면 안 먹길 잘한 거네.』

『그래. 그렇게 맛없는 고기는 좀처럼 없을 거다. 안 먹길 잘했다.』

하지만 페르. 맛없다는 걸 안다는 건 일단 맛은 확인했다는 거잖아.

페르는 독을 먹기도 하더니, 의외로 도전 정신이 넘치는구나.

뭐, 그런 건 일단 제쳐두고. 길드 내부도 소란스러운 것 같으니 나중에 다시 찾아오는 편이 나을지도 모르겠는걸.

그런 생각을 하고 있으려니…….

"앗!!!"

누군가가 소리를 지르며 나를 가리켰다. 피곤에 찌든 샐러리맨을 방불케 하는, 등이 굽은 바코드 머리의 아저씨.

"자네 자네 자네 자네 자네! 무코다 씨 맞지?!"

바코드 머리 아저씨가 그렇게 말하며 잔걸음으로 달려왔다.

"네? 아, 네에, 제가 무코다입니다만……."

"만세! 살았어! 신은 나를 저버리지 않으셨어!"

그렇게 외친 바코드 머리 아저씨에게 나는 어째선지 팔을 단단히 잡힌 채 연행되었다.

◇ ◇ ◇ ◇ ◇

바코드 머리 아저씨에게 이끌려 온 곳은 개인실.

권하는 대로 앉은 의자 등의 세간을 보니 아무래도 길드 마스터의 방인 듯했다.

그렇다는 건…….

"자기소개를 하겠습니다. 저는 이곳 힐슈펠트 모험가 길드에서 길드 마스터를 맡고 있는 이삭 셸벤입니다. 잘 부탁드립니다."

이 바코드 머리 아저씨는 이곳 모험가 길드의 길드 마스터인가 보다.

지금까지 만났던 모험가 길드의 길드 마스터들처럼 모험가 출신이라는 분위기가 아니라서 전혀 그렇게는 보이지 않지만.

"아, 안녕하세요. 무코다라고 합니다."

내가 그렇게 인사하자 싱글벙글 웃는 얼굴이 되는 바코드 머리의 아저씨, 이삭 씨.

"S랭크 모험가인 무코다 씨죠? 알고 있습니다. 뒤에 있는 게 사역마인 펜리르와 픽시 드래곤인가요? 그리고 슬라임⋯⋯."

"슬라임인 스이라면 여기에 있습니다만."

가죽 가방을 살짝 두드리자 자고 있던 스이가 느릿하게 일어나 나왔다.

『주인, 밥 먹어?』

『아냐, 아냐. 더 자도 돼.』

『싫어. 일어날래.』

그렇게 말하고 스이가 내 무릎 위로 폴짝 올라탔다.

"응응, 사역마도 기운 넘쳐 보이는군요. 그런고로, 바로 의뢰를 부탁드리겠습니다. 긴급 안건입니다만, 남쪽 숲에 나타난 타이런트 포레스트 파이선을 꼭 좀 토벌해주십시오!"

역시 그렇게 나오는 건가.

하지만 페르가 싫어했는데.

힐끔 페르 쪽을 보자, 역시나 정말이지 싫다는 얼굴을 하고 있었다.

『각하다.』

"펜리르는 정말로 말을 하는군요. 아니, 그보다 각하라뇨? 어째서죠?!"

『맛이 없어서다.』

"맛이 없어서라니, 타이런트 포레스트 파이선 고기 같은 건 못 먹는 거 아닙니까? 고기는 못 먹지만, 가죽과 이빨은 소재로 비싸게 거래가 됩니다! 어떻습니까? 흥미가 생기죠?"

『전혀 안 생긴다. 먹지도 못하는 데다 그런 멍청이를 상대하는 건 성가실 뿐이다.』

어떻게든 흥미를 가지게 하려고 애쓰는 이삭 씨의 말에도 전혀 흔들리지 않고 페르는 홱 고개를 돌렸다.

드라 짱은 드라 짱대로 필사적인 이삭 씨를 보고 긁어 부스럼을 만들지 않겠다는 듯, 처음부터 본인과는 관계없는 일이라는 태도를 유지하고 있었다.

"그, 그런! 무코다 씨, 부탁드립니다~! 이대로는 제 책임이 됩니다!"

설득 타깃을 페르에서 나로 변경한 이삭 씨가 우리 사이에 놓인 테이블도 개의치 않고 내 어깨를 매달리듯 잡았다.

"부탁입니다! 제발 의뢰를!"

"잠깐, 저기, 얼굴이 너무 가깝거든요! 좀 진정하세요!"

이삭 씨를 겨우 밀어내고 진정시켰다.

그리고 이야기를 들어보니, 이삭 씨가 어째서 필사적이 되었는지도 이해가 되었다.

이대로는 이 도시를 거점으로 삼는 모험가들에게도 압박이 들어올 테고, 그 이외의 모험가도 돈 벌 곳이 줄었다며 다른 도시로 옮겨갈 터다.

모험가가 적어지면 이번에는 모험가에게 호위 등의 의뢰를 하는 상인들에게서 압박이 들어오는 데다 도시 방어 등에도 문제가 생기기 때문에 도시에 사는 주민들 사이에서 불안의 목소리도 나올 터였다.

그 목소리가 커지면 최악의 경우 영주가 직접 찾아오는 일도 생길 수 있다.

그런 이야기를 하며 어깨를 축 늘어뜨린 이삭 씨의 모습이 모두에게 책망을 받고 지쳐버린 애수에 찬 중간 관리직 샐러리맨의 모습과 겹쳐 보였다.

"애초에, 어째서 저만 책망을 받아야 하는 겁니까? 불합리하지 않습니까? 저는 길드 마스터 같은 건 되고 싶지 않았는데……."

"네에."

일본인의 천성인지 그리 애매하게 대꾸한 것이 실수였던 모양이다. 그 후 이삭 씨의 불만이 작렬했다.

"좀 들어보시겠습니까? 저는 말이지요, 이름만 들어도 알 수 있듯이 일단은 귀족 출신입니다. 보잘것없는 남작가지만 말이죠. 하지만 저는 4남이라 집안을 이을 수도 없어서 집을 나와 스스로 벌어서 생활해야만 했답니다. 그래서 말입니다……."

이삭 씨의 불만 섞인 긴 이야기를 요약하자면 다음과 같다.

남작가의 넷째 아들이기도 해서 이삭 씨는 귀족이나 거상의 자제가 다니는 학교에 다녔다.

그중에는 당연히 마법 수업과 검술 수업도 있었고, 거기에 특화된 학생은 일찌감치 취업 자리가 정해지는 일도 많았다.

그러나 이삭 씨는 마법도 잘하지 못했고 검술 같은 거친 일은 더욱 못했다.

당연히 학교에 다니는 동안 취업 자리가 정해질 리 없었다.

그렇게 되면 문관이 되는 건 어떨까 생각했지만, 중간에서도 중간인 눈에 띄지 않는 자신의 성적으로는 문관이 될 수 있을지도 의심스러웠다.

그래서 이삭 씨는 생각했다.

자신 같은 사람도 확실하게 취직할 수 있고, 그럭저럭 급료를 받을 수 있는 곳은 어디인가.

여러 가지로 조사한 결과가 모험가 길드였다.

당시부터 길드 직원의 인재 부족은 유명했고(지금도 그런 모양이지만), 성적은 중간이라도 학교를 졸업해 읽고 쓰고 셈도 가능한 자신이라면 좋은 대우를 받지 않을까 생각했다고 한다.

이삭 씨의 그 계산은 훌륭하게 적중했고, 이 나라의 모험가 길드 상층부에 귀한 대접을 받으며 이러저러하는 사이에 출세도 했다.

이삭 씨 본인에게는 딱히 출세 욕구라는 게 없었는데도 말이다.

그리고 스물여덟 살이라는 젊은 나이에 결국 길드 마스터의 자리에 올랐다.

그러나 이삭 씨의 고뇌는 그때부터 시작되었다.

이삭 씨는 학교를 나온 만큼 다른 직원보다 일을 잘했다.

이야기에 따르면 서류 업무와 물자 관리 등은 완벽하게 해낼 수 있었다고 한다.

그 부분은 모험가부터 시작해 올라온 대부분의 길드 마스터와 비교할 것까지도 없었다.

그 점을 주목한 상층부는 이삭 씨를 여러 문제가 있는 모험가 길드의 길드 마스터로 부임시켰다.

스물여덟 살에 길드 마스터가 되어 그 도시에서 줄곧 길드 마스터 일을 해나가리라고 여겼는데, 3년 만에 다른 도시로 가라는 발령이 난 것이다.

옮겨온 도시의 모험가 길드는 그야말로 모든 것이 주먹구구인 끔찍한 상태였고, 그 모험가 길드를 2년에 걸쳐 필사적으로 바로잡았더니 다시 다른 도시로 가라는 발령이.

그런 일이 반복되어 이곳 힐슈펠트는 이삭 씨가 길드 마스터가 된 후 네 번째의 도시가 된다고 한다.

"무코다 씨, 저는 말이죠, 서른일곱 살입니다."

"네?!"

진짜로?

서른일곱 살이라기에는 좀, 특히 머리 부분이 정말이지…….

무심코 이삭 씨의 바코드 머리로 시선이 갔다.

"나이가 더 많을 거라고 생각하셨죠? 압니다. 머리가 이러니까요……. 하지만 말입니다. 몇 년 전까지만 해도 풍성했습니다. 그러던 게, 걱정 고민이 많다 보니 어느샌가 이렇게……. 우으읏."

모험가 길드는 직원에게는 시커먼 블랙 기업이었던 건가…….

아니, 이삭 씨 한정이 아닐까 싶기도 하지만.

유능한 장기 말이 손에 들어왔다고 해서 너무 혹사시키는 거 아닙니까?

"……저기, 무코다 씨. 저 이제 그만둬도 괜찮겠죠?"

이삭 씨, 지친 얼굴로 제게 그런 거 물어보지 말아주세요.

"확실히, 확실히, 나름 급료는 받고 있습니다. 어쨌든 길드 마스터니까요, 하지만, 하지만 말이죠, 쓸 시간이 전혀 없습니다. 덕분에 여성과 교제할 여유도 없어서, 아직 독신입니다! 제 지인 중에 이 나이까지 결혼을 못 한 사람은 교회에 몸도 마음도 바친 신관 정도란 말입니다!"

37세, 독신.

그것만으로 동질감이.

내가 좀 더 어리지만, 이 세계의 결혼 적령기를 생각하면 서른일곱 살에 독신이라는 것만으로도 묘한 친근감이 일었다.

이삭 씨를 위해 뭔가 할 수 있는 게 없을까?

『저기, 페르. 드라 짱. 스이.』

『⋯⋯음? 뭐냐? 이야기는 끝난 것이냐?』

『흠냐⋯⋯ 으음, 끝난 거야?』

『⋯⋯⋯⋯너희, 이야기를 하나도 안 들었구나.

아니, 완전히 자고 있었지?

스이는 내 무릎 위에서 꼼짝도 하지 않는 것을 보면, 이거 완전히 잠든 걸 거야.

『그게, 방금 그 타이런트 포레스트 파이선 토벌 얘기, 받아들여 줬으면 싶어서.』

『뭐라? 너는 내 이야기를 듣지 않았던 것이냐? 그건 고기가 맛이 없다.』

『이야기는 제대로 들었어. 다만, 이 사람. 이삭 씨도 여러 가지로 힘들거든.』

『흥, 그런 거 내 알 바 아니다.』

『알 바 아니라니……. 그래, 그렇다면, 토벌 의뢰를 해낸 다음 저녁밥으로 드래곤 고기를 먹기로 하면?』

나도 남자다. 이삭 씨를 위해 팔을 걷어붙이기로 했다.

이렇게 말해도 사실 애초에 드래곤을 사냥해 온 것도 페르랑 애들이지만.

『뭐라?』

『드래곤 고기라고?』

드래곤 고기라고 하는 단어에 페르도 드라 짱도 훌륭하게 낚였다.

『그래. 드래곤 고기. 그거면 어때?』

『흐음. 그런 거라면 받아줄 수도 있다.』

『나도 그거라면 받아들여도 좋아.』

『그럼 의뢰를 받아들이겠다고 대답한다?』

『아, 잠깐. 받아줄 수도 있다고 했지, 받아들이겠다고는 안 했다. 그 드래곤 고기는 잘게 자르지 말고 두껍게 자른 거여야 한다. 알겠지?』

『네네, 알았습니다. 두툼하게 자른 드래곤 스테이크 말이지?』

『그래. 알았으면 됐다. 그 의뢰, 받아주마.』

페르와 드라 짱이 만족스러운 듯 히죽거렸다.

두툼하게 자른 드래곤 스테이크라.

대가가 너무 비싼 것 같은 기분도 들지만, 고민 걱정 많은 동지(?)를 위한 일이라고 생각하면 그렇지도 않으려나.

그 후, 이삭 씨에게 의뢰를 받아들이겠다고 전했더니 기뻐하며 울음을 터뜨렸다.

정말로 고생이 많구나.

나중에 세 병 정도 남아 있는 【신약 모발 파워】를 몰래 나눠주는 것도 좋을지 모르겠다.

람베르트 상회에서 구한 거라고 말하면 괜찮겠지. 애초에 여기는 나라도 다르니까, 백작님도 람베르트 씨도 그렇게까지 뭐라고 하는 일은 없을 터다.

일단 【신약 모발 파워】건은 나중으로 미루고, 우선 해야 할 일은 역시 타이런트 포레스트 파이선 토벌 쪽이다.

이 도시로 오는 도중에 가도에서 숲 전갈이 나왔던 소식을 이삭 씨에게 이야기했더니, 안색이 창백해져서는 몹시 당황했다.

그것도 타이런트 포레스트 파이선의 영향으로, 일찌감치 위험을 알아채고 숲에서 도망친 마물 일부일 거라고 한다.

인적이 제법 있는 가도라는 것을 생각하면 긴급하게 대처해야 할 일이라며 이삭 씨는 서둘러 C랭크 이상의 모험가에게 의뢰를 하고 가도로 파견했다.

그렇다고는 해도, 역시 제일 좋은 대책은 타이런트 포레스트 파이선을 토벌해버리는 것일 터다.

"무코다 씨, 면목 없습니다만, 가능하다면 지금 바로 남쪽 숲으로 가주실 수는……."

의뢰를 받아들이겠다는 이야기가 된 데다가, 기도하는 듯한 표정으로 이삭 씨에게 그리 부탁을 받으면 아무래도 거절하기 어려웠다.

나로서는 남쪽 숲에는 내일쯤 갈까 생각하고 있었는데.

페르와 드라 짱에게 물어보니 『싫은 일은 빨리 끝내는 편이 낫다』라며 바로 승낙을 한지라(스이는 깊게 잠들어 있어서 사후 승낙이 되어버리겠지만), 우리 일행은 곧바로 남쪽 숲을 향해 가게 되었다.

◇ ◇ ◇ ◇ ◇

우리 일행은 남쪽 숲속으로 들어와 상당히 안쪽까지 진입했다.

"새 울음소리 하나 들리지 않는걸……."

섬뜩할 정도의 정적이 숲속을 뒤덮고 있었다.

『어이, 저길 봐라.』

페르가 부르는 소리에 등에서 내렸다.

그리고 페르의 시선 끝을 보자, 키 작은 나무를 쓰러뜨리며 무언가가 기어 다닌 듯한 흔적이 있었다.

중량이 상당히 나가는지 지면이 약간 패여 있는 것도 보였다.

"이거, 타이런트 포레스트 파이선이 기어간 흔적이야?"

『그래. 이 앞에서 그놈 기척도 느껴지니 틀림없을 거다.』

"이 앞에서라. 그나저나 커다랗네……."

이거 패인 폭이 1미터 반 정도는 되어 보인다고.

『통상 개체보다 큰 것 같구나.』

『커다란 마물, 스이가 풋풋 해서 쓰러뜨릴 거야!』

숲속에 들어온 후에 일어나 나온 스이는 타이런트 포레스트 파이선을 쓰러뜨리겠다며 의욕에 넘쳤다.

『어이 어이, 공을 독점하면 안 되지. 처음엔 내키지 않았지만, 모처럼 여기까지 왔으니까 나도 뱀 사냥에 참가할 거라고.』

『드라 말대로다. 나도 온 이상은 사냥에 참가한다.』

『우우, 스이는 혼자서도 쓰러뜨릴 수 있는데.』

"자, 스이는 삐치지 말고. 페르와 드라 짱도 있으니까 다 함께 사이좋게 사냥해야지."

『어쩔 수 없네에. 알았어. 주인.』

그런 대화 후에 타이런트 포레스트 파이선의 흔적을 따라 나아 가려니…….

『멈춰라.』

페르의 염화에 걸음을 멈췄다.

『저기 있다.』

페르가 코끝으로 가리킨 쪽을 보니 나무들 사이를 비단뱀 같은 얼룩무늬를 가진 어이없을 만큼 커다란 뱀이 천천히 기어가고 있는 모습이 보였다.

"크, 크네……."

가늘고 긴 몸통의 높이가 아무리 보아도 내 키를 훌쩍 넘는데, 대체 얼마나 굵은 거냐고.

전에 드랭 던전에서 봤던 계층주(보스) 뱀 마물 바스키와 에이블 링의 최종 계층에 있던 던전 보스 히드라에 필적하는 크기다.

아니, 크기만 놓고 본다면 눈앞에 있는 타이런트 포레스트 파 이선 쪽이 더 클지도 모르겠다.

극도의 긴장감에 무심코 침을 꿀꺽 삼켰다.

『어이, 들켰어!』

날고 있던 드라 짱이 제일 먼저 눈치챘다.

방향을 전환한 타이런트 포레스트 파이선의 머리가 이쪽을 향해 왔다.

"억, 잠깐, 움직임이 빠르지 않아?"

스르륵 가벼운 움직임으로 다가오는 타이런트 포레스트 파이선.

그걸 보고 무심코 뒷걸음질 치는 나.

『눈앞에 먹이가 있으니 당연하다.』

"아니, 이 녀석 나를 향해서 오는 것 같은데?"

『뱀 입장에서는 이 중에서 네가 제일 맛있는 먹이일 테니까. 그보다, 얼른 도망쳐! 우리 공격에 휩쓸려 당한다고!』

드라 짱에게 지적을 받아 달리기 시작했지만, 사냥감인 나를 놓치지 않으려 드는 타이런트 포레스트 파이선의 움직임도 재빨랐다.

크와악 하고 입을 크게 벌린 타이런트 포레스트 파이선이 어느 샌가 내 눈앞까지 닥쳐들고 있었다.

"으아아아앗!"

그만 엉덩방아를 찧고 말았다.

서둘러 일어서려 할수록 다리가 꼬였다.

『무얼 하는 거냐. 서둘러라.』

나와 닥쳐드는 타이런트 포레스트 파이선 사이에 태연하게 선 것은 페르였다.

"아, 으응."

서둘러 몸을 일으켜서 뒤쪽으로 물러나려 한 순간…….

쿠웅──.

동그란 무언가가 타이런트 포레스트 파이선의 옆얼굴을 들이받아 날려버렸다.

『스이가 주인을 지킬 거야!』

아…….

방금, 페르가 나서려던 참이었던 것 같은데.

힐끔 페르를 보니 입가가 움찔거리고 있었다.

그러고 보니 전에도 이런 상황이 있었던 같은 기분이 안 드는 것도 아닌 듯한…….

『으하하핫, 페, 페르, 너, 요란하게 등장해놓고 뺏겼어. 아하하하하핫.』

"어, 어이, 드라 짱. 너무 웃지 마."

하늘을 날면서 배를 잡고 폭소하는 드라 짱에게 주의를 주었다.

『그렇지만, 푸하핫.』

"페, 페르. 그 왜, 스이는 아직 어린아이라서 분위기를 읽는다거나 하는 건 아직 무리잖아? 응?"

그렇게 달래보았지만, 입가를 꿈틀대며 거친 숨을 내쉬는 페르.

"지, 진정해. 응?"

『전부 네 탓이다. 죽어라!』

"아앗?!"

『페르, 혼자 독차지하지 말라고!』

드라 짱의 그 말과 동시에, 어느샌가 다시 입을 크게 벌리고서 우리에게 닥쳐들었던 타이런트 포레스트 파이선의 눈과 코 숭간 부근에 끝이 뾰족한 굵은 얼음 기둥이 날아가 박혔다.

얼음 기둥과 함께 머리가 지면에 박힌 타이런트 포레스트 파이선은 거기서 벗어나려고 길고 커다란 몸을 꿈틀거리며 몸부림을 쳤다.

콰직, 우둑 우둑 우두두둑──.

커다란 몸에 부딪힌 나무들이 소리를 내며 차례차례 쓰러졌다.

"컥, 우아아아앗."

쓰러진 나무들에 휩쓸리지 않도록 필사적으로 도망쳤다.

『크으으윽, 마지막 일격은 내 것이다! 죽어라!』

미워 죽겠다는 듯 그리 말하고서 페르가 앞다리를 휘둘렀다.

타이런트 포레스트 파이선의 머리가 몸통에서 싹둑 잘려 떨어졌다.

그건 잘된 일이었지만…….

"저, 저기, 이거, 죽은 거 맞지?"

머리가 잘려 나갔는데도 여전히 그 아랫부분은 꿈틀거렸다.

『머리를 잘랐으니 당연하다. 걱정할 것 없다. 이건 늘 이렇다. 끈질기게 움직이고 있지만 좀 지나면 잠잠해진다.』

살짝 부루퉁한 느낌으로 페르가 그렇게 말했다.

『어디 보자. 그럼 이걸로 끝이지?』

날고 있던 드라 짱이 우리 앞으로 내려와 앉았다.

『에이, 벌써 끝난 거야~? 스이 풋풋 못 했어.』

몸통 박치기 공격밖에 못 했던 스이는 조금 불만스러운 기색이었다.

『흥, 무슨 말이냐. 내가 나서려던 걸 방해해두고서.』

작은 목소리로 그렇게 말하고 살짝 토라지는 페르.

"자, 자."

나는 쓴웃음을 지으며 페르의 어깨를 툭툭 두드렸다.

『삐치지 마. 이런 건 여흥에 지나지 않잖아. 진짜는 던전이라고!』

『뭐, 드라 말대로인가. 이 울분은 던전에서 풀기로 하지.』

『맞아 맞아. 그런고로, 얼른 돌아가서 드래곤 고기를 먹자고!』

『오오, 그랬지. 그래, 오늘은 배불리 드래곤 고기를 먹을 테다.』

『드래곤 고기~.』

페르와 드라 짱과 스이에게 재촉을 받으며 타이런트 포레스트 파이선을 회수한 다음, 우리 일행은 힐슈펠트로 돌아갔다.

"이삭 씨, 다녀왔습니다."

모험가 길드로 돌아온 우리 일행을 본 이삭 씨가 입을 떡 벌렸다.

"어? 어라? 어? 오늘 아침에 출발하신 참이 아닙니까? 설마 토벌 실패라든가?!"

너무 일찍 돌아와서인지 토벌에 실패했다고 오해하는 이삭 씨. 그도 그럴 만한가.

배가 고프다는 모두를 위해 도중에 점심을 먹고서 돌아왔는데도 아직 해가 저물려면 한참 먼 시간이었다.

참고로 드래곤 고기를 달라고 페르도 드라 짱도 스이도 소란을 피웠지만, 저녁에 먹자고 달래고 점심은 만들어두었던 오크 생강구이 덮밥으로 해결했다.

"실패 같은 거 안 했습니다. 제대로 타이런트 포레스트 파이선을 토벌하고 왔으니까요."

"저, 정말입니까?! 실패라면 실패했다고 확실하게 말해주세요!"

"아니, 그러니까 실패 안 했다고요!"

내 뒤쪽에서 이야기를 듣고 있던 페르가 불쑥 고개를 내밀더니.

『어이, 이 녀석 무례하구나. 물어도 되느냐?』

기분 나쁜 얼굴로 그런 말을 했다.

『물어버려 물어버려. 애초에 우리가 가서 실패할 리가 없잖아.』

"당연히 안 되지. 드라 짱도 바람 넣지 마."

이삭 씨에게 들리지 않는다고 해서 페르에게 바람을 넣으면 안 되잖아.

"무, 무, 무, 문다니, 괜찮은 겁니까? 무코다 씨!"

그렇게 말하며 겁을 먹은 이삭 씨가 나를 방패로 삼았다.

"페르는 이상한 소리 하지 마. 얼른 용건을 마치고 돌아가야지. 안 그럼 저녁밥이 늦어진다고."

『음, 그건 안 된다. 어서 끝내고 돌아가자.』

"네네. 이삭 씨, 타이런트 포레스트 파이선은 상당히 크니까 창고에서 꺼내는 편이 좋겠지요?"

"그, 그렇겠군요. 그렇게 하죠. 자, 이쪽으로."

◇ ◇ ◇ ◇ ◇ ◇

타이런트 포레스트 파이선은 페르의 목에 건 매직 백 안에 담겨 있었다.

레온하르트 왕국의 모험가 길드에선 내 정보도 어느 정도는 공유하고 있고 페르가 엄중하게 지켜봐 주기도 해서 소동이 벌어지는 일은 없었지만, 이곳은 나라도 다르고 하니 일단 만약을 위해서 그렇게 했다.

페르의 목에 걸린 매직 백에서 타이런트 포레스트 파이선을 꺼내자 이삭 씨가 입을 떡 벌린 채 굳었다.

"의뢰받은 타이런트 포레스트 파이선입니다. 보시는 대로 확실하게 토벌해 왔습니다."

『당연한 일이다. 우리가 가서 의뢰에 실패 같은 걸 할 리가 없으니 말이다. 그런데 저 녀석은.』

『그러니까. 나랑 페르랑 스이가 있는데 멍청한 뱀을 잡지 못할 리가 없잖아.』

아, 정말이지. 페르도 드라 짱도 그만 투덜거려.

"무코다 씨, 고맙습니다~. 이걸로, 이걸로, 많은 분들께 책망받는 일 없이 넘어갈 겁니다. 훌쩍……."

이삭 씨, 안심한 건 알겠지만 대머리 아저씨가 눈물을 글썽인들 당혹스러울 뿐이거든요.

"저기, 정산 부탁드려도 될까요?"

"이런, 죄송합니다. 토벌 보수는, 긴급 의뢰이기도 한 만큼 금화 230닢입니다. 그리고 소재 쪽은 어떻게 하시겠습니까? 전부 길드에서 매입해도 괜찮겠습니까?"

소재라.

맛있는 고기라면 꼭 돌려받겠다고 하겠지만, 타이런트 포레스트 파이선은 맛이 없다고 하니까.

다른 소재라고 해도 딱히 받아 가고 싶은 건 없는데…….

아, 가죽은 조금 받아 가도 괜찮으려나.

드문 소재인 것 같으니까, 본업이 가죽 제품 판매인 람베르트 씨에게 줄 선물로 좋을지도.

【신약 모발 파워】 판매를 전부 떠맡겨서 폐를 끼치고 있으니까.

좋아. 가죽을 3분의 1 정도 받아 가자.

그 뜻을 이삭 씨에게 전하자 서둘러도 가죽과 그 외 소재의 거래 대금을 건네는 것은 모레가 될 거라는 답이 돌아왔다.

"그렇다고 하니까, 모레까지 이 도시에서 머물 거야."

그리 전한 순간 터져 나오는 비난의 목소리.

『뭐? 던전은 어떻게 할 건데?』

『그래. 던전은 어찌할 셈이냐.』

"아니 아니, 어쩔 수 없잖아. 가죽과 거래 대금을 받을 수 있는 게 모레라고 하니까."

그렇게 말하자 페르가 이삭 씨를 쏘아보았다.

"어이 어이, 노려보지 마. 노려보지 마. 이렇게 커다란 마물이니까, 어쩔 수 없잖아. 그렇죠? 이삭 씨."

"네, 네에에에. 아, 아무리 서둘러도 모레 정도까지는 시간이 걸릴 겁니다."

페르가 노려보니까 이삭 씨가 겁을 먹었잖아.

"들었지? 그런 거니까 억지 부리지 마. 던전은 도망가지 않으니까 괜찮잖아."

『흥, 너는 던전에 가는 데 적극적이지 않아서 그렇게 말할 수 있는 것이다.』

『그러니까.』

페르와 드라 짱이 의심스러워하는 눈초리로 바라보자 움찔하는 나.

"아, 아니, 딱히 그런 건 아닌데? 응. 그게, 아, 그렇지. 이, 이삭 씨한테 좀 물어보려던 게 있었지."

『얼버무렸어.』

『그래. 얼버무리는구나.』

시끄럽거든?

이삭 씨에게 이야기를 들은 다음, 이 도시에서 빌린 집으로 돌아간 우리 일행.

페르와 드라 짱, 그리고 자다 깬 스이가 벌써부터 드래곤 고기를 달라며 졸라대고 있다.

『어이, 약속한 드래곤 고기를 내놔라.』

『맞아. 어서 먹게 해줘.』

『드래곤 고기 먹을래~.』

"아, 정말이지. 네네. 저녁을 먹기엔 조금 이르지만 준비를 시작할게."

기다리기 힘든지 주방까지 따라오는 페르와 드라 짱과 스이.

어쩔 수 없으니 연출도 겸해서 애들 앞에서 두툼한 드래곤 고기 스테이크를 굽기 시작했다.

지룡(어스 드래곤)과 적룡(레드 드래곤) 중 어느 쪽이 좋은지 물었더니, 모두 고민도 없이 『둘 다!』란다.

이미 드래곤 고기를 먹게 해주겠다고 말해버렸으니, 이제 와서 둘 다는 안 된다고 말할 수도 없었다. 할 수 없이 모두의 희망대로 양쪽 고기를 준비했다.

우선은 적룡(레드 드래곤) 고기부터다.

천일염과 그라인더로 간 향기 좋은 흑후추를 뿌린 아름다운 색깔의 살코기를, 달군 프라이팬에.

촤아아아 하는 기분 좋은 소리가 들렸다.

그와 동시에 피어오르는 고기 굽는 냄새.

눈을 반짝반짝 빛내는 페르와 드라 짱, 그리고 스이는 흥분했는지 부들부들 잘게 몸을 떨고 있었다.

『아, 아직이냐?』

『얼른 달라고.』

『스이도 배고파~.』

페르, 드라 짱, 스이까지 세 방향에서 재촉해댔지만, 이것만큼은 어쩔 수 없다.

너희, 제대로 굽지 않으면 맛있는 고기는 먹을 수 없다고.

"으음, 조금만 더."

평소와 같은 살코기를 굽는 방식으로, 양쪽 면을 굽고 알루미늄 포일로 덮어서 5분 정도 뜸을 들인다.

이렇게 하면 미디엄 레어로 잘 구워진 스테이크가 완성된다.

『어, 어이, 아직이냐?!』

"으음, 이제 슬슬 다 됐을지도. 아니, 페르! 더럽잖아. 입이 침범벅이야⋯⋯."

『시, 시끄럽다! 이런 맛있는 냄새를 풍기면서 나를 기다리게 한 네 탓이다.』

"아, 예예. 오래 기다리셨습니다."

모두의 앞에 드래곤 스테이크가 담긴 접시를 내려놓았다.

기쁨에 넘쳐 드래곤 스테이크에 달려드는 페르와 드라 짱과 스이.

『으으으음, 역시 드래곤 고기는 맛있구나!』

『웅웅, 육즙이 입안 가득 퍼져. 역시 드래곤 고기는 고기의 왕이야!』

『드래곤 고기 맛있어!』

소금 후추를 뿌려 굽기만 해도 극상의 맛인 것이 드래곤 고기니까.

웅, 역시 최고야.

드래곤 고기, 물론 저도 먹고 있습니다.

이 맛있는 고기를 애들만 맛본다니 치사하잖아.

저도 야무지게 맛볼 겁니다.

"그나저나, 드래곤 고기는 맛있네."

페르와 드라 짱과 스이는 소금 후추로 간을 한 것에 이어 이제는 익숙해진 스테이크 소스로도 한바탕 지룡(어스 드래곤)과 적룡(레드 드래곤) 스테이크를 즐겼다.

그러나 그것만으로는 트리오의 식욕이 잦아들지 않았다.

그런 모두를 위해 또 하나의 메뉴를.

내가 준비한 것은…….

『네가 만드는 그것은 '커틀릿'이라고 했었지?』

『기름에 튀겨서 바삭한 거잖아.』

『빵이라는 거에 끼워서 먹어도 맛있어.』

"하하, 다양한 고기로 커틀릿을 만들어왔더니 이제는 바로 아는구나. 오늘은 이걸 소금을 뿌려서 먹어볼까 해."

『소금만으로 말이냐?』

"맞아. 모처럼 좋은 고기니까, 소금만으로도 충분히 맛있을 거야. 아무튼 먹어봐."

모두의 앞에 바삭하고 노릇하게 튀겨진 드래곤 커틀릿을 내주었다.

"우선은, 이 소금으로 먹어봐."

그렇게 말하며 인터넷 슈퍼에서 산 베이지색 소금을 뿌렸다.

내가 먼저 고른 소금은 맛이 부드러워서 개인적으로 마음에 들어 하는 해초 소금이다.

『으음! 네 말대로 소금만으로도 맛있는걸!』

『그래. 고기가 좋은 만큼 그 고기 본래의 감칠맛을 맛보기에는 이걸로 충분할지도 모르겠다. 아주 괜찮다.』

『소금만으로도 맛있어! 스이 더 먹을래!』

"그럼 다음은 이 소금으로."

다음으로 고른 것은 노란빛이 살짝 도는 유자 소금이다.

희미하게 유자 향이 나는 이 소금은 튀김에도 잘 어울릴 거라고 본다.

『음, 이것도 좋구나. 뭔가 상쾌한 향이 희미하게 입안에 퍼진다.』

『이거 기름에 튀긴 커틀릿에도 딱 맞네.』

『스이, 이쪽이 더 좋을지도~.』

덥석덥석 갓 튀긴 드래곤 커틀릿을 입에 넣는 모두를 보고 있었더니 나도 그만 먹고 싶어졌다.

틈을 봐서 갓 튀긴 드래곤 커틀릿을 덥석.

"앗, 뜨거워……. 하지만 바삭해서 엄청나게 맛있어. 역시 유자 소금이랑 어울리네~."

응, 튀김에 유자 소금은 최고의 조합이지.

『어이, 더 다오. 쉬지 말고 커틀릿을 더 튀겨라.』

『그 말대로야. 드래곤 고기는 많이 기대하고 있었으니까, 배 터지게 먹을 거라고!』

『스이도 드래곤 고기 많이 먹을 거야!』

스테이크와 커틀릿으로 드래곤 고기를 꽤 먹은 페르와 드라 짱과 스이였지만, 아직 부족한 모양이었다.

"어쩔 수 없네. 그럼 계속 튀긴다?"

그 후 페르와 드라 짱과 스이는 말했던 그대로 드래곤 고기를 먹어댔다.

모두가 너무 먹어대는 바람에 재고 관리를 하고 있는 나로서는 미소를 유지하기 어려울 정도였다.

드래곤 고기를 제한 없이 모두에게 보상으로 주는 건 안 되겠어.

귀중한 드래곤 고기가 상당히 줄어버렸다고.

에휴…….

에구구.

다음 날, 나는 이삭 씨에게 들은 정보를 바탕으로 움직였다.

　페르와 드라 짱과 스이에게 오늘은 마을 밖으로 나가지 않는다고 알렸는데도 심심하다며 내 뒤를 따라나섰다.

　늘 그렇듯이 스이는 가방 안에서 자고 있다.

　잘 거라면 집에서 자도 되는 거 아닌가 하는 생각이 들기도 했지만, 스이를 혼자 두고 가는 것도 걱정이 되었다.

　그러다 보니 결국 평소처럼 다 함께 행동하게 되었다.

　『그래서, 어디에 가는 것이냐? 평소처럼 포장마차에서 뭔가 사 먹는 것이냐?』

　『오, 그거 좋은데? 포장마차 고기는 맛이 부족한 것도 있지만, 이 녀석이 가진 조미료를 뿌리면 바로 맛있어지니까.』

　아니 아니, 아니거든.

　안 사 먹을 거야.

　그보다, 내가 가진 조미료를 뿌려서라니. 드라 짱은 그런 이상한 거 배우지 않아도 돼.

　아니, 그게 아니라. 내가 지금부터 가려고 하는 곳은…….

　"이 도시의 고아원이야."

　『고아원?』

　『어째서 그런 데 가는 건데?』

　"아니 그게……."

173

처음 이 세계에 왔을 때 나는 앞으로 어떻게 될지 몰라 조마조마했지만, 페르와 드라 짱, 스이와 만나서 경제적으로는 아무런 걱정도 없게 되었다.

걱정은커녕, 페르들이 여러 가지 저질러준 덕분에 돈은 쌓여만 간다.

아무튼 고기를 좋아하는 모두가 매일 먹을 사냥감을 구해 오기만 해도, 그 고기 이외의 소재가 큰돈으로 바뀌니까.

솔직히, 지금은 가진 돈이 너무 많아서 대체 얼마나 갖고 있는지 정확한 금액은 나도 잘 모를 정도가 되어가고 있었다.

그 정도의 돈이 있는데, 쓸 데가 없다고 할까.

내가 쓸 물건을 사거나, 인터넷 슈퍼에서 쓰는 정도가 고작이다.

그런 걸로는 아무리 사치를 해본들 얼마 안 된다.

그리고 마도 버너라든가 카레리나의 집이라든가 집에 있는 노예분들(내 인식으로는 성심성의를 다해 일해주는 종업원 같은 느낌이기는 하지만) 같은 경우는 한 번 사고 나면 다시 살 일도 잘 없다.

아무튼, 수입과 지출의 균형이 크게 어긋나서 점점 계속해서 돈이 쌓여가기만 하고 있다.

"너희 덕분에 주머니 사정을 걱정할 필요가 전혀 없어졌으니까, 매우 감사하고 있어. 하지만 현재로서는 돈이 너무 많아."

『음, 그렇게나 많은 것이냐?』

"응. 10만 닢이 되었을 무렵부터 세는 걸 그만뒀어. 지금은 솔직히 나도 얼마나 있는지 모르겠어."

『듣고 보니 그러네. 확실히 이것저것 사냥했었으니까.』

드라 짱이 짧은 팔로 팔짱을 끼며 그렇게 말했다.

"맞아. 드래곤 같은 거 말이야. 그건 엄청난 금액이었지…….."

지룡(어스 드래곤)과 적룡(레드 드래곤) 양쪽 다 그랬다.

모험가 길드에서 다 매입하지 못한 소재가 아이템 박스 안에도 있고.

그래. 생각해보면 드래곤 소재만이 아니라, 다른 여러 소재도 아이템 박스에 넣어놓은 채고, 거래에 내놓지 못한 마물도 아직 여럿 있었다.

뭐, 그 부분은 긁어 부스럼이 될 테니까 지금은 그냥 내버려 두기로 하자.

"아무튼, 가진 돈이 늘어나는 일은 있어도 줄어드는 일은 좀처럼 없거든."

『그런 말을 한들 말이다……. 우리는 돈을 쓸 일 같은 게 없다. 그래, 포장마차에서 사 먹는 데 쓰는 게 고작이다.』

『그렇지.』

"그건 같이 지내니까 알지. 하지만 이대로는 쌓여가기만 할 뿐이라는 건 이해했지?"

『그건 이해했다만, 어쩌라는 거냐? 설마 사냥을 하지 말라는 것이냐? 그건 불가능한 이야기다. 너는 자중하라고 했지만, 드래곤도 마주치면 잡을 거다.』

『나도 그만두지 않을 거야. 사냥은 우리 본능 같은 거니까.』

"그만두란 말 안 해. 모두 잘 먹고, 본인들이 먹을 고기 정도는 확보해줬으면 하니까. 게다가, 솔직히 너희가 사냥해 온 마물 고기 쪽이 성육섬에서 파는 고기보다 훨씬 맛있다는 건 나도 알고 있으니까."

『그래, 그렇지. 그렇고말고.』

"뭐, 드래곤만큼은 사냥하는 걸 그만둬 줬으면 싶지만."

『음, 적극적으로 찾아서 사냥하지는 않겠지만, 눈앞에 나타나면 당연히 잡는다.』

『그럼! 지난번 그 적룡(레드 드래곤)처럼 우리 앞을 지나가면 당연히 사냥하지.』

"아니 아니, 사냥하지 않아도 된다고. 아, 이야기가 딴 길로 샜는데, 아무튼, 쌓여가기만 하는 돈을 유효하게 활용해볼까 하거든."

『유효하게 활용?』

"응. 사회봉사로."

사회봉사에 관해서는 고기 던전 도시 로센달에서 돌아온 후부터 생각하게 되었다.

그 도시의 고아원에 기부(빵 대금이라는 명목이 있었지만 실질적으로는 그렇다)했던 것이 계기였다.

허름한 건물에 겨우겨우 운영되던 상태였는데, 그런데도 그곳 고아들은 그래도 나은 편이라고 했다.

귀에 들리는 이 세계 고아들의 생활은 상당히 어려운 듯했다.

어른이 되면 싫어도 세상의 쓴맛과 단맛을 경험하게 된다.

그렇다면 어릴 때만큼은 웃으며 즐겁게 살아도 좋지 않은가?

위선이라 여길지도 모르지만, 이렇게나 많은 자금이 있으니 아무것도 안 하는 것보다는 나으리라 생각한다.

그러다 보니 기부라는 방법도 괜찮겠다는 생각이 줄곧 머릿속에 맴돌았다.

조만간 페르와 드라 짱과 스이와도 상담해봐야겠다고 생각하던 중에 이 도시에서 타이런트 포레스트 파이선 토벌 의뢰를 받아서 또 큰돈이 들어오게 되었던 것이다.

"요컨대, 고아원에 기부할까 해. 이미 가는 중이니까, 어째 사후 승낙 같은 형태가 되어버린 것 같아 미안하지만. 페르, 드라 짱. 어떨까?"

『너 좋을 대로 하면 된다. 나는 맛있는 밥을 먹을 수 있다면 아무 불만 없다.』

『나도 마찬가지야. 맛있는 밥을 먹을 수 있고, 인간 도시에 있는 던전에도 갈 수 있으니까. 지금 생활은 꽤 마음에 들거든. 맛있는 밥만 제대로 먹여주면 나머지는 다 너한테 맡길게.』

"그래. 고마워."

페르와 드라 짱은 순순히 승낙해주었다.

그렇다면 남은 건 스이뿐이구나.

어리다고는 해도 페르와 드라 짱과 함께 마물을 사냥해주니까 일단 이야기는 해둬야지.

스이를 깨워서, 스이도 이해할 수 있을 만큼 쉽게 대강의 이야기를 했다.

"스이, 어떻게 생각해?"

『저기 있지, 잘 모르겠는데, 스이는 주인이 주는 맛있는 밥을 먹을 수 있으면 돼~. 그리고, 풋풋 해서 싸울 수 있으면 좋아!』

스, 스이한테는 좀 어려웠던 건가?

『스이도 문제없을 거다. 스이 역시 인간이 쓰는 돈을 쓸 일은 없을 테니까.』

『그러게. 슬라임이 인간 돈을 갖고 장을 본다거나 하면 나도 놀랄 거야.』

아니, 드라 짱. 그건 나도 놀랄 거야.

"그렇다면, 고아원에 기부하기로 할게. 아, 물론 내 눈으로 보고 제대로 확인한 다음에 기부할 거야. 운영자가 사리사욕으로 가득한 사람이거나 하면 기부해도 횡령할 뿐일 테니까. 그래, 그리고 여신님들 교회에도 헌금할까 해."

『그래, 그건 좋은 생각이다. 닌릴 님도 기뻐하실 테지.』

"아니, 닌릴 님네 교회에만 하는 게 아니거든?"

『좋다. 어서 가자.』

"자자잠깐, 페르. 그쪽이 아니야! 먼저 고아원부터 갈 거라고!"

이삭 씨에게 들은 이 도시의 고아원을 건물 뒤쪽에서 몰래 살펴보았다.

아이들의 기운찬 목소리가 들려왔다.

기운찬 걸 보니 너무 가난해서 먹을 것도 못 먹고 아이들이 약해져 있다거나 하는 일은 없는 듯해서 조금 안심했다.

그러나 역시라고 할까, 이곳 고아원도 로센달의 고아원과 마찬가지로 시설에까지는 손이 제대로 가고 있지 못한지 노후화가 진행되어 낡고 허름했다.

"조금 조사를 해볼까……."

사전 청취를 시작해보려 했지만, 내 뒤에 대기한 페르와 드라 짱을 보고 놀라서 사람들이 도망치는 일이 몇 번이나 반복되었다.

미리 "뒤에 있는 건 사역마니까 겁먹지 마세요"라고 알려봐도 이번에는 위축돼서 좀처럼 이야기를 해주지 않았다.

그래서 난처해진 나머지 시험 삼아 은화 한 닢을 슬쩍 내밀었더니, 깜짝 놀랄 만큼 태연하게 말을 해주었습니다.

다들 물어보지 않은 것까지 술술, 술술.

여러 가지를 알 수 있었으니까 결과적으로는 잘됐지만.

돈의 힘은 위대하구나.

아무튼, 모은 정보에 따르면 이곳 고아원은 일단 물의 여신님의 교회가 운영하고 있다고 한다.

신자인 전 모험가 영감님이 원장님이고, 주로 아이들을 돌보고 있단다.

하지만 영감님 혼자서는 당연히 소홀한 부분이 생기기 마련이라, 보조로 교회에서 견습 수녀님이 몇 명 교대로 파견되어 온다고 한다.

그렇게 겨우겨우 고아원을 운영하고 있다고 했다.

원장님인 전 모험가 영감님은 나쁜 짓을 하면 주먹이 날아가는 무서운 영감님이지만, 아이들을 잘 보살핀단다. 아이들도 나이 많은 아버지처럼 잘 따른다고 한다.

하지만 겉모습만 보아도 알 수 있듯이 경제적으로는 어렵다는 이야기였다.

고아원 운영비는 기본적으로 그 지역 영주에게 받는 보조금과 소속된 교회에서 받는 보조금, 그리고 직접 기부금으로 꾸려진다고 들었다.

그래 봐야 현실은 전부 쥐꼬리만큼밖에 안 된다고 하지만.

생각해보면 영주에게 받는 보조금도 우선순위를 생각하면 고아원이 상위에 있을 리 없을 테니 그다지 많지는 않을 터였다.

교회에서 받는 보조금도 교회 자체가 헌금으로 운영되고 있는 셈이니, 분명 그리 큰 보조는 불가능할 터였다.

기부금 같은 것도 적을 듯했다.

왜냐면 이 세계, 안전망 같은 게 없으니까. 자신의 생활을 꾸려나가는 것만으로도 벅찬 사람들로 넘친다.

고아원은 어디나 힘든 것이 현실이라고 로센달 고아원의 원장 선생님께 듣기는 했지만, 직접 두 눈으로 보니 그 이야기가 실감되었다.

여기서 보이는 고아원 건물로 시선을 돌리자, 무어라 말할 수 없는 기분이 되었다.

저 건물은 너무 낡았잖아…….

이 정도면 비도 새는 거 아닐까?

알아본 바에 따르면 기부해도 문제는 없을 것 같지만, 역시 실제로 보고 만나보지 않으면 확실히 알 수 없다.

그런고로 견학을 부탁하기로 했다.

뭐, 그렇게 되면 그냥 나올 수는 없겠지만, 기부할 만한 곳이 아니라고 판단되면 금액을 줄여서 금화 몇 닢 정도만 건네고 돌아와 버리면 될 뿐이다.

◇　◇　◇　◇　◇

"실례합니다~."

고아원 문을 살짝 열고 말을 걸었다.

그러자 나온 것은…….

"아저씨 누구야?"

토끼 귀를 가진 다섯 살 정도의 어린 여자아이.

이 세계에서 아저씨라 불리는 일이 적지는 않았지만, 역시 가슴에 푹 박힌다.

"저기, 아가씨. 아저씨가 아니라 오빠라고 불러줄래? 그리고, 원장 선생님을 불러와 줄 수 있을까?"

"알았어."

여자아이가 타다닥 달려갔다.

그리고 잠시 후, 우락부락한 영감님 손을 잡은 여자아이가 나타났다.

"이 아저씨가 있지, 원장 선생님 불러와 달랬어~."

토끼 귀 아이야. 아저씨가 아니라 오빠라고 불러달라고 하지 않았니?

"오, 자네는……. 그래, 됐네. 들어오게나."

원장님인 영감님에게 허락을 받아서 페르 일행과 함께 고아원 부지로 들어갔다.

들어간 순간 우르르 아이들이 모여들었다.

무서운 줄 모르는 아이들의 반짝반짝 빛나는 시선 끝에는 페르와 드라 짱이.

『어, 어이.』

"늑대 님이랑 드래곤 님!"

""""""와아아~.""""""

『나, 나까지?!』

복슬복슬한 페르는 물론이고, 조그만 드래곤도 아이들에게는 신기한 존재인 게 당연하잖아.

아이들에게 둘러싸여 조몰락거려지는 페르와 드라 짱.

『이놈, 잡아당기지 마라!』

『잠깐, 치덕대고 만지지 말라고!』

페르의 목소리는 모두에게 들리지만, 드라 짱의 염화는 나한테만 들리거든.

뭐, 목소리가 들려도 아이들이 그걸로 그만둘 거라고는 확신할 수 없지만.

"저건 펜리르인가."

"네, 일단은."

때때로 펜리르의 위엄이고 뭐고 없는 때가 있지만 말이죠.

그나저나 용케 바로 알았네.

어느 정도 랭크가 되는 모험가가 아니면 알아채지 못할 텐데.

그런 생각이 표정에 드러났는지 영감님이 웃으며 "나도 A랭크 모험가 출신이니까" 하고 가르쳐주었다.

"그나저나, 펜리르를 사역한 모험가가 있다는 이야기는 들었지만 정말이었을 줄이야. 실제로 보기까지는 믿을 수 없다고 여겼었네."

역시 보통은 그렇죠.

"그래, 다른 한 마리 사역마는 새끼 드래곤인가?"

"아뇨, 픽시 드래곤이라는 보기 드문 종류의 드래곤입니다. 저게 성체죠."

"오호, 펜리르만이 아니라 보기 드문 종류의 드래곤까지 사역마로 데리고 있다니 상당히 우수한 테이머로군."

"감사합니다. 그리고…… 이 특수 개체인 슬라임도 동료입니다."

평소처럼 가방 안에서 자고 있던 스이를 안아 들어서 영감님에게 보여주었다.

"으하하핫, 슬라임을 사역마로 삼은 테이머는 처음 봤네."

세간에서 슬라임은 일반적으로 피라미 마물이니까요.

"아앗, 늑대랑 드래곤이다! 우와아!"

고아원 건물에서 나온 열 살 정도의 남자아이가 페르와 드라 짱을 보고 만면에 미소를 지으며 그렇게 말했다.

그리고 쏜살같이 달려가려 하던 차에…….

"거기 서! 코르네, 너 당번 일은 다 한 거냐?"

코르네라는 소년의 목덜미를 잡는 영감 원장님.

"켁, 할아범."

"할아범이 아니다. 원장 선생님이라고 부르라고 몇 번이고 말했을 텐데. 그래서, 당번 일은?"

"저기, 그……."

"안 한 거냐?"

"응……."

"놀기 전에 해야 할 일부터 해라. 알겠지?"

"에이, 애들 있는 데 가고 싶어. 나도 늑대랑 드래곤 만지고 싶어."

"나는 놀지 말라고는 안 했다. 놀 거면 해야 할 일을 하고 나서다."

"그래도."

"해야 할 일을 하지 않고 놀기만 할 거라면, 오늘 저녁밥은 없을 줄 알아라."

"뭐야. 저녁밥이라고 해봐야 밍밍한 감자수프에 퍽퍽하고 딱딱한 빵이잖아."

"호오, 코르네는 저녁밥을 안 먹겠다는 거로구나?"

"먹어, 먹을 거야! 알았어. 당번 일 다 하면 되잖아."

코르네라는 소년이 툴툴거리며 발길을 돌려서 고아원 건물 안으로 돌아갔다.

"하아, 말을 안 듣는 녀석이 많아서 큰일이야."

뭐랄까, 척 보기에도 장난꾸러기 같은 아이가 많아 보이네.

고생 많으십니다.

"그래서, 우수한 테이머 모험가가 이런 고아원에는 무슨 용건인가?"

"저기, 그게, 그, 얼마 안 되지만 기부를 할 수 있을까 해서……."

내가 그렇게 말하자 히쭉 웃은 영감님이 내 어깨에 착 팔을 둘렀다.

"자네 좋은 녀석이로군. 보이는 대로 가난한 고아원이야. 기부는 언제 어느 때나 받고 있지. 자자, 안으로 갈까?"

잠깐, 영감님 너무 우락부락해서 웃는 얼굴이 무섭거든요?

게다가 어째서 어깨동무를?

놓치지 않겠다는 뜻?

질질 고아원 건물 안으로 끌려가는 나.

『어, 어이! 어디 가는 것이냐?!』

"아, 그게, 원장님과 얘기를 좀 하고 올 테니까 페르랑 드라 짱은 아이들이랑 놀고 있어."

『뭣? 가지 마라! 이, 이 꼬맹이들은 버겁다! ……어이, 거기 너! 털을 잡아당기지 마라!』

『그렇다고! 이 녀석들 악마야! 하지 말라고. 날개 잡아당기지 마!』

제아무리 페르와 드라 짱이라도 기운 넘치는 아이들한테는 애를 먹고 있는 모양이다.

"아이들은 페르도 드라 짱도 신기한 거야. 잠시만 상대해줘."

『웃기지 마!!』

페르의 목소리와 드라 짱의 염화 소리가 겹쳐졌다.

페르, 드라 짱. 건투를 빈다.

『저기 저기, 주인. 스이는 잘게.』

졸린 스이는 그렇게 말하고 스르륵 가방 안으로 들어가 버렸다.

"잘됐어. 아이들한테는 좋은 놀이 상대가 생겼으니 잠깐은 괜찮겠군. 그 사이에 우리도 제대로 이야기를 해볼까? 불만 없지?"

불만 없지? 라니, 영감님……

정말로 이 사람은 어째서 고아원 원장 같은 걸 하고 있는 걸까.

"뭐 그런 느낌이라네."

원장 영감님 이야기에 따르면 역시라고 할까, 고아원 경영은 빠듯해서 겨우겨우 굴러가는 상태라고 해도 좋을 정도였다.

기본적으로 고아원 아이들은 열네 살에 이곳을 나가 독립을 하게 되어 있는데, 나가는 아이들보다 새로 들어오는 아이들 쪽이 많은 것이 현 상황이라고 한다.

부모를 잃은 아이들과 다양한 이유로 생활이 어려워져서 적어도 아이만이라도 하는 마음으로 부모가 데려온 아이. 어떤 이유든 이러한 아이들이 사라지는 일은 없다.

그러한 이유도 있어서 아이들은 열한 살부터 열두 살 무렵부터 실익과 직업 훈련을 위해 일을 시작한다고 하는 모양이었다.

상인이나 요리사, 장인 등이 되고 싶은 아이는 고아원이나 교회의 연줄을 이용하거나 혹은 직접 길을 찾거나 해서 일을 구한다.

모험가가 되고 싶은 사람은 전 A랭크 모험이기도 한 영감님에게 착실하게 모험가로서의 기초를 배우며, 마을 밖에서 열심히 약초 채취 등의 일을 하게 된다.

물론 도시 밖이라고는 해도 도시 안으로 바로 도망쳐 돌아올 수 있는 매우 가까운 곳으로 한정되어 있는 데다, 숲속에 들어가는 건 절대 금지라는 영감님의 지시에 따라야만 한다.

모험가 길드에서 모험가가 아니더라도 일단 매입은 해주기 때문에(물론 다소 값을 깎기는 하지만), 그걸로 돈을 벌 수 있는 것이다.

아무튼, 그렇게 얻은 수입 절반은 고아원에, 나머지 반은 각자가 독립할 때의 자금으로 삼는다고 한다.

이 고아원에서는 도와주러 오는 수녀님들에게 부탁해서 간단한 읽고 쓰기와 계산을 가르치고 있는데, 그것도 이곳 아이들이 독립할 때 큰 도움이 되고 있는 모양이었다.

나도 영감님에게 듣고 처음 알았는데, 성직자가 되는 사람은 어느 정도 학업을 쌓은 자가 많은지라 간단한 읽고 쓰기와 계산은 가르치는 것도 가능하단다.

"그러니까 말이지, 여기 출신인 아이는 평판이 좋다네."

영감님이 조금 자랑하듯이 그렇게 말했다.

실제로 장래 유망하다고 인정받은 아이는 열네 살이 되기 전에 견습생이 되어 나가는 경우도 있다는 모양이다.

"뭐 그런 소문을 들은 건지, 일부러 여기에 아이를 맡기고 가는 부모도 많은 게 고민거리기도 해. 해마다 아이가 늘어가기만 해서, 지금은 먹이는 것만으로도 벅차."

그렇게 투덜거리는 영감님.

고아원 자금 대부분이 식비로 쓰이는 상황이라고 한다.

한창 자라는 아이들의 배를 채우려면 질보다 양이 중요하다.

한정된 적은 예산 안에서 어떻게든 수를 맞출 수 있는 식재료, 감자나 딱딱한 흑빵이 식탁에 오르는 날들이 고아원에서는 당연해졌다고 한다.

"일단 배를 채우는 걸 우선하다 보면, 아무래도 그렇게 되고 말거든. 아이들은 불평하지만, 사치스러운 소리를 할 때가 아니지."

그러고 보니 아까 코르네라는 소년도 밍밍한 감자수프에 퍽퍽하고 딱딱한 빵이라느니 하는 말을 했었지.

그런 것만 매일 나오다니 너무 가엾잖아.

아니, 나는 고기 던전산 고기를 잔뜩 갖고 있으니까 그걸로 맛있는 걸 해주는 것도 괜찮겠는걸.

대단한 건 만들 수 없지만, 밍밍한 감자수프에 퍽퍽하고 딱딱한 빵보다는 훨씬 낫겠지.

마침 로센달 고아원에서 샀던 빵도 대량으로 있고.

이런 식생활이니까, 가끔은 약간 호강을 해도 괜찮다고 본다.

그 뜻을 영감님에게 전해보았는데…….

"정말인가?! 아이들이 좋아할 거야. 꼭 좀 부탁해."

영감님에게 안내를 받아 간 고아원의 조리실.

사용이 불편한 데다 아궁이를 써야 했다.

"으음, 오래된 건물이니까 어쩔 수 없나. 그렇다면 그걸로……."

나는 애용하는 마도 버너를 꺼낸 뒤 평소처럼 인터넷 슈퍼를 열었다.

나 혼자서 충분하다고 말하고 영감님을 내보냈기 때문에 아무 문제 없다.

"그럼, 뭘 만들까. 아이들한테 먹일 거니까, 영양가 있는 게 좋겠지? 게다가 양도 충분해야 하니까 대량으로 만들 수 있는 걸로 하자."

한창 잘 먹을 때인 아이들에게 먹여야 하니 영양과 양이 필수다.

그렇다고 하면…….

"아, 포크 앤 빈스 같은 게 괜찮을지도 모르겠네."

포크 앤 빈스.

미국의 대표적인 가정 요리로, 영화 같은 데도 자주 나오는 요리다.

영화에서 보고 어떤 맛일까 궁금해서 조사해 직접 만들어본 적이 있다.

요컨대 콩과 토마토를 넣어 푹 끓인 음식이다.

그 이름 그대로, 콩을 듬뿍 넣고 채소도 많이 들어가서 영양 만점이니 아이들에게 먹이기에 딱인 요리일 듯했다.

좋아, 만드는 건 포크 앤 빈스로 정했다.

"그렇게 정해졌으면 필요한 건……."

우선 구입한 것은 삶은 병아리콩이다.

이쪽 세계에서는 콩이라고 하면 병아리콩과 닮은 히요콩이라

느 걸 주로 쓴다,

그러니 삶은 병아리콩은 빼놓을 수 없다.

그리고 대두랑 닮은 소요콩이라는 것도 비교적 자주 보이는지라 이번에는 삶은 대두도 쓰기로 했다.

다음은 양파, 당근, 감자, 마늘과 토마토 통조림이다.

"그럼 이제 조리를 시작할까. 우선은 고기부터."

아이템 박스에서 던전 돼지 고기를 꺼내서 1.5센티미터 크기로 깍둑썰기한 뒤 소금 후추로 밑간을 한다.

그다음은 양파, 당근, 감자를 1센티미터 크기로 깍둑썰고, 마늘은 잘게 다진다.

삶은 병아리콩과 대두는 수분을 제거해둔다.

냄비에 올리브오일을 두르고 다진 마늘을 넣어 익히고 마늘 향이 나기 시작하면 던전 돼지 고기를 넣어 볶는다.

던전 돼지 고기의 색이 달라졌을 때 양파, 당근, 감자를 넣고 다시 한번 볶아준다.

양파가 살짝 투명해지고 어느 정도 익었을 때, 으깨둔 토마토와 물, 그리고 콩소메를 넣어서 끓인다.

끓기 시작하면 삶은 병아리콩과 대두를 넣고, 채소가 부드러워질 때까지 끓이다가 마지막에 소금 후추로 간을 맞추면 완성이다.

맛을 한번 보자……

"으음, 채소의 단맛이 우러나서 이거라면 아이들도 좋아하지 않을까? 콩이 많이 들어가서 영양 만점인 데다 배도 든든할 테고."

『주인, 그거 스이도 먹고 싶은데~.』

언제 일어났는지 스이의 기대 가득한 목소리가 머릿속에 울렸다.

"아, 이건 여기 있는 아이들을 위해 만든 거니까 조금만이야. 너희가 먹을 건 돌아가서 만들어줄게."

『응, 알았어.』

평소보다 적은 양의 포크 앤 빈스를 담은 접시를 스이 앞에 내려놓았다.

"어때?"

『고기가 조금 적지만 맛있어. 콩도 맛있어!』

"그래, 그렇구나. 다행이네."

고기도 듬뿍 넣기는 했는데, 영양을 생각해서 그 이상으로 콩과 채소를 많이 넣었으니까.

스이에게 확인도 받았으니 일단 합격이려나.

원장실에 있던 영감님에게 요리가 완성되었다고 알리자, 영감님이 바로 아이들을 불러 모았다.

그리고 낡았지만 넓은 식당에 우르르 모여드는 아이들.

나와 원장 영감님은 그걸 서서 지켜보고 있었다.

"오늘은 말이지, 특별히 이 형이 맛있는 점심을 만들어주셨다. 감사히 먹도록!"

"""""""""네에!"""""""""

그렇게 기운찬 목소리가 들리더니 후다닥 급식대로 밀려드는 아이들.

하지만 엄격한 영감님이 지켜보고 있어서인지 제대로 나란히 줄을 서는 모습은 귀여웠다.

학교 급식을 떠올리게 하는 모습인걸.

그리고 급식을 담당하는 것은, 열여섯이나 열일곱쯤으로 보이는 풋풋한 미인 견습 수녀님 둘.

급식은 언제나 견습 수녀님이 담당한다고 해서 이렇게 되었다.

이때까지 이 두 사람을 보지 못했던 것은, 상인이 되고 싶은 아이들을 위한 보충 수업을 하고 있었기 때문이라고 한다.

그런 와중에 지친 모습의 페르와 드라 짱이 식당에 나타났다.

페르에게는 문이 조금 작아 보였지만 어찌어찌 부수지 않고 들어왔다.

『호된 꼴을 당했다…….』

『진짜 힘들었다고…….』

페르도 드라 짱도 바로 벌렁 드러누웠다.

『어이, 나도 밥이다. 밥. 밥을 안 먹고는 못 버틴다.』

『나도 밥.』

『저기 그게, 이건 아이들 음식이니까, 너희 몫은 그렇게 많지가 않아.』

염화로 그렇게 말하자 벌떡 일어나는 페르와 드라 짱.

『뭐라고?!』

『네 말 때문에 꼬맹이들 상대를 해주고 왔다고!』

『아, 하지만 이건 채소가 듬뿍 들어간 조림인데.』

『크으으으읏, 채소라니…….』

『고기를 먹고 싶어…….』

『그래 그래, 돌아가면 페르랑 드라 짱이랑 스이 몫을 만들어줄

테니까, 지금은 조금만 참자.』

『고기다. 고기를 안 먹으면 못 버틴다.』

『맞아. 고기야, 고기!』

『네네. 알았다니까.』

기운찬 아이들은 어지간히도 페르와 드라 짱을 지치게 만든 모양이었다.

전설의 마수도 형편없네.

그런 생각을 하면서 전용 그릇에 미리 담아두었던 포크 앤 빈스를 페르와 드라 짱 앞에 내려놓았다.

『으음, 맛은 그럭저럭 괜찮다만 역시 고기를 먹고 싶구나.』

『맞아. 지친 몸에는 역시 고기지. 고기.』

하하, 페르와 드라 짱의 힘의 원천은 고기인 건가.

『스이도 먹고 싶은데…….』

『음, 하지만 스이는 아까 먹었잖아. 이제 남은 게 없어. 돌아가면 만들어줄 테니까 조금만 참아줄래?』

『응. 스이 참을게. 그러니까 스이한테도 고기 많이 줘!』

『하하하, 알았습니다.』

스이의 힘의 원천도 고기인 거구나.

이러저러하는 사이에 아이들의 배식도 끝났고, 아이들이 포크 앤 빈스를 먹기 시작했다.

"감자 말고도 채소가 많이 들어 있어!"

"고기가 들어 있어!"

"맛있어!"

여기저기에서 기뻐하는 목소리가 터져 나왔다.

무엇보다 아이들 모두가 맛있게 냠냠 먹고 있는 모습을 보고 있자니 기분이 좋았다.

게다가 견습 수녀님 미소녀 2인조도 꺅꺅거리며 맛있게 먹어 주고 있었다.

귀엽네에에…….

"어이, 표정이 헤벌쭉하군. 말해두겠는데, 손댈 생각 마."

옆에 있던 영감님이 나를 노려보며 그렇게 말했다.

"무, 무, 무슨 말씀이십니까?! 손대거나 안 합니다!"

미소녀 2인조는 눈에 보약이 되어줄 뿐이다.

결코 손 같은 건 안 댑니다.

애초에 전 세계의 윤리관을 가졌기 때문에, 여고생 정도로 보이는 여자아이에게 손을 대거나 하지 못한다고.

"뭐 그렇다면 됐네."

"그, 그런 것보다 원장님은 안 드시나요?"

"나는 마지막에 먹으면 돼."

"그런 말씀 하시다간 다 없어질 것 같은데요."

넉넉하게 곰솥 두 개에 포크 앤 빈스를 만들었는데, 아이들의 먹성은 예상 이상이라 대부분의 아이가 음식을 더 받아 갔다.

"그렇다면 그걸로 됐어. 다들 저렇게 맛있게 먹고 있으니까."

그렇게 말하며 원장 영감님은 흐뭇하게 아이들을 바라보았다.

정말, 이 영감님은 우락부락하게 생겨서 어울리지 않게 다정하잖아.

◇ ◇ ◇ ◇ ◇

점심을 다 먹은 아이들이 식당에서 우르르 빠져나갔다.

식당을 나가는 아이들이 "아저씨, 고마워"라든가 "아저씨, 엄청 맛있었어"라며 말을 걸어주었다.

누구 한 사람 "형" "오빠"라고는 불러주지 않아 수수하게 마음이 아팠지만……

아이들이 나간 다음에 냄비를 들여다보니 예상대로라고 할까, 포크 앤 빈스는 깔끔하게 싹 사라져서 냄비 안에는 콩 한 쪽도 남아 있지 않았다

원장 영감님 몫은 안 남았다.

냄비를 회수하면서 그렇게 전하자 영감님은 "녀석들이 배불리 먹었다면 그걸로 됐어"라고 했다.

영감님도 아이들과 마찬가지로 평소 감자와 딱딱한 빵만 드셨을 텐데.

내 몫으로 그릇에 나눠 담아서 아이템 박스에 넣어두었던 포크 앤 빈스를 영감님에게 내드렸다.

"괜찮은 건가?"

"저는 어차피 집에 돌아가면 밥을 지어야만 하거든요. 방금 먹은 것만으로는 부족할 테니까요."

그렇게 말하며 페르와 드라 짱과 스이 쪽을 보자 영감님도 "확실히 그렇겠군" 하고 납득한 얼굴을 했다.

로센달의 고아원에서 만들어준 쿠페 빵도 몇 개 꺼내서 영감님께 건넸다.

영감님이 나이에 걸맞지 않은 식욕을 보이며 우걱우걱 포크 앤 빈스를 입에 넣었다.

"오오, 이거 맛있군. 녀석들이 앞을 다퉈서 더 받아 간 것도 이해가 돼."

"고맙습니다. 가지고 있는 재료로 빠르게 만들 수 있는 건 한정되어 있다 보니 그다지 변변치 못하지만요."

"고기에 채소에 콩까지 들어간 요리라니, 우리한테는 더할 수 없이 호화로운 식사야. 고기를 맛보는 건 1년에 몇 번 정도니까."

"고기를 맛보는 게 1년에 몇 번⋯⋯."

우으, 우리는 매일이랄까 매끼 고기를 실컷 먹는데.

아이들이 너무 가여워서 어쩐지 죄악감마저 느껴져.

고기 던전산 고기가 많이 있으니까, 이건 아무래도 조금 나눠줘야겠다.

"저기, 얼마 전에 고기 던전에 다녀왔는데, 그때 구한 고기를 조금 나눠드리겠습니다."

"뭐라고? 정말인가?!"

몸을 쑥 내밀고서 그리 묻는 영감님.

영감님 너무 흥분하셨잖아요.

혈압 올라가요.

"진정하세요. 우선은 식사부터 마저 하세요."

"아, 그래."

덥석덥석 우걱우걱 나이가 느껴지지 않는 기세로 급하게 밥을 밀어 넣는 영감님.

"됐네. 다 먹었어. 그래서, 방금 그 이야기를 이어서……."

"빨라! 그럼 식기를 회수하겠습니다."

"아니 그보다 방금 그 이야기부터 하자고."

"알았다니까요. 고기 던전 고기요. 던전 돼지 고기도 던전 소고기도 있으니까 양쪽 다 나눠드리겠습니다."

"오오옷, 그거 감사하군."

"양은 어떻게 할까요? 너무 많아도 상해버릴 테니까요."

여기에 내가 얼마 전에 구한 것 냉장고 같은 마도구가 있는 것도 아닐 테고…….

아이템 박스를 가진 아이라도 있다면 이야기는 달라지겠지만.

"보통은 그렇지. 하지만 괜찮다네. 비장의 수가 있으니까."

"네? 아이템 박스를 가진 아이가 있는 건가요?"

"있을 리가 있겠나? 아이템 박스를 가졌으면 친척이 좋아라 하며 데려가겠지. 그런 아이가 고아원 같은 데 오겠느냐 말이야."

확실히.

아이템 박스 보유자가 먹고사는 데 곤란할 일은 없다고 하니까.

"그렇다면 비장의 수가 뭔가요?"

"일단 따라와 보게."

그렇게 이동해 간 곳은 다시 원장실.

"여기서 잠깐 기다리게."

영감님에게 그런 말을 듣고 기다리기를 몇 분.

"이제 들어와도 돼."

부르는 소리에 방 안으로 들어갔다.

페르와 드라 짱도 따라서 들어왔다.

가방 안에서 자고 있는 스이와 드라 짱은 몰라도, 몸집이 커다란 페르가 있는 것만으로도 방 안이 좁게 느껴졌다.

페르 본인도 답답한지 몸을 틀며 작게 웅크리고 있었다.

『페르, 드라 짱. 여기 좁지? 밖에서 기다리는 건 어때?』

염화로 그렇게 전하자…….

『거절한다!』

『나도 단호히 거절하겠어!』

『으응? 좁지 않아?』

『좁지만, 밖보다는 낫다. 꼬맹이 놈들을 상대하는 건 이제 지긋지긋하다.』

『맞아. 밖에 나가면 분명 또 그 악마 놈들이 몰려들 거라고.』

페르도 드라 짱도 그렇게 말하면서 뚱한 얼굴을 했다.

『알았어, 알았어. 그럼 좁을지도 모르지만, 잠깐만 기다려.』

그렇게 전하자 페르도 드라 짱도『알았다』라더니 이제 본인들과는 관계없는 일이라는 느낌으로 앉아 기다렸다.

"애들이 자리를 차지해서 죄송합니다."

"으하하, 녀석들에게 휘둘린 게 상당히 버거웠나 보군. 그 펜리르도 녀석들의 기세에는 못 당하는 건가."

"하핫, 그런가 봅니다. 다들 기운 넘쳤으니까요."

"그야 그게 유일한 장점 같은 거니까. 아니, 그건 됐고. 내 비장의 수는 바로 이거야."

그렇게 말하면서 영감님이 보여준 것은, 눈에 익은 조금 낡은 듯한 천으로 된 자루였다.

"이건…… 혹시 매직 백입니까?"

"맞아. 역시 아는군. 내가 모험가 시절에 구한 거지. 이거라면 걱정할 것 없다고 보는데. 일단은 말이지. 이게 있다는 건 비밀로 하고 있거든. 그런고로, 감춰둔 자세한 위치까지는 알려줄 수 없어서 말이야."

과연.

그래서 잠시 방문 앞에서 기다리게 했던 건가.

매직 백이라면 나도 갖고 있어서 어떻게 할 생각은 없지만, 평범하게 팔면 한밑천 벌 수 있는 물건이니까.

신중해지는 마음을 이해 못 할 것도 없었다.

영감님 이야기에 따르면 이 매직 백은 영감님이 모험가일 때 어느 던전에서 구했다고 한다.

크기는 중간 정도였고, 시간 경과도 통상의 10분의 1 정도로 늦춰주는 물건이란다.

"모험가 시절엔 이 물건 덕을 톡톡히 봤는데, 여기서도 큰 도움을 받고 있지."

그렇게 말하면서 매직 백을 가볍게 툭 두드리는 영감님.

이 고아원의 주식이라고 해도 좋을 감자와 딱딱한 흑빵.

대량으로 구매해서 경비를 줄이고 그만큼 더 산다고 하지만, 감자와 흑빵이 아무리 오래 보관할 수 있다고는 해도 한도가 있다.

그때 이 매직 백이 활약한다.

싸게 대량 구매한 감자와 흑빵을 매직 백으로 보존하며 하루하루 겨우 버텨나가고 있는 것이다.

"그런고로, 고기도 받을 수 있는 만큼 받겠네. 안도 아직 절반 정도는 여유가 있으니까."

영감님이 그리 말하기에 던전 돼지와 던전 소 고깃덩어리를 휙휙 꺼냈다.

"이, 이보게, 그만. 그만 됐어!"

"네? 벌써요?"

"아니 아니, 이건 너무 많잖아. 이쪽 매직 백도 거의 다 찼다고. 대체 얼마나 사냥해 온 거야……."

얼마나라니, 우리 트리오가 싹 다 사냥해버린 계층이 있을 정도인데요? 하하.

"아직 많이 있는데, 정말 그 정도로 괜찮으신가요?"

"그 정도라니, 꽤 많이 받았다고."

그런가?

던전 돼지와 던전 소 20킬로그램 전후의 고깃덩어리를 열 개씩 건넸을 뿐인데.

고기 던전에서는 페르와 드라 짱과 스이가 전부 사냥해버릴 기세로 사냥하고 또 사냥했으니까. 이 정도는 정말 일부고 아직 많

은데,

"사양하지 않으셔도 됩니다."

"아니 사양 같은 게 아니라, 이 이상이 되면 매직 백이 걱정된다고."

"그나저나 매직 백을 가진 모험가였던 분이 어째서 고아원 원장님 같은 걸 하고 계신 건가요?"

내 경우는 완전히 페르와 애들 덕분에 구한 거지만, 영감님은 다를 터다.

직접 발견했든 샀든, 나름의 실력을 가진 모험가로 돈도 벌지 않았다면 손에 넣을 수 없는 물건일 것이다.

영감님은 전 A랭크 모험가라고 하기는 했지만, 상당한 실력자가 아니었을까 싶었다.

"아니, 그게……."

살짝 곤란한 듯한 표정을 지은 영감님을 보고 아차 했다.

이야기의 흐름에 따라 나도 모르게 물어보고 말았는데, 사적인 질문이 지나쳤다.

"주제넘은 걸 물어 죄송합니다. 신경 쓰지 마세요."

"아니, 딱히 상관없어. 벌써 30년 가까이 지난 일이니까."

흔한 이야기라며 영감님이 이 고아원 원장이 된 경위를 들려주었다.

영감님이 서른 무렵일 때의 이야기였다.

모험가로서는 드물게 일찌감치 가정을 꾸린 영감님에게는 아내와 열 살 된 아들이 있었다.

하지만 모험가 일로 바빴던 영감님은 집을 비우는 일도 종종 있었다.

경험을 쌓아 A랭크도 되었고, 모험가로서 승승장구했던 그 무렵의 영감님은 특히 바쁘게 일했다.

이런 상태로 가면 S랭크도 꿈은 아니라며 파티를 짠 동료들과 모험에 나서는 날들이었다고 한다.

"동료와 의뢰를 받아서 집을 3개월 정도 비웠다 돌아왔더니, 아들이 죽어 있었지…… 유행병으로 어이없이 가버렸다더군……"

아내에게는 원망을 잔뜩 받았다고 한다.

그것도 당연한 일이라고 영감님도 이야기했다.

"나 스스로도 어째서 그곳에 없었을까 몇 번이고 몇 번이고, 셀 수 없을 만큼 생각했으니까……. 내가 있었다면 돈을 긁어모아서 교회의 치료 마법을 받을 수 있지 않았을까. 내가 있었다면 연줄로 어떻게든 특급 포션을 구할 수 있었을지도 모르는데. 내가 있었다면, 그 녀석은, 아들은 살지 않았을까 하고."

하지만 그것은 만약을 가정한 이야기.

아들은 죽고 말았다.

그 일이 원인이 되어 아내와도 잘 지내지 못하고 이혼.

동료는 모험가로 다시 함께하자고 권했지만, 영감님은 도저히 그럴 마음이 들지 않았다고 한다.

아들을 잃고 술에 빠져 실의의 날들을 보냈던 젊은 날의 영감님.

그걸 치유해준 것은 근처에 있던 물의 여신님 교회였다고 한다.

"그때는 물의 여신님 신자인 것도 아니었어. 우연히 근처에 있던 교회에 불쑥 들어갔지. 그게 그저 물의 여신님 교회였던 거야. 그런데 그곳 사제님이 좋은 사람이었거든. 내 이야기를 부정도 긍정도 하지 않고 들어줬지."

그것이 다시 일어서는 계기가 되었다고 한다.

그 후로는 열심히 교회에 다니게 되었다.

그리고 교회가 운영하는 고아원 원장이 고령으로 은퇴하게 되었을 때, 스스로 나서서 원장직을 이어받았다고 한다.

"아들은 죽었지만, 고난 속에서 살아가는 아이들이 있었지. 그런 아이들을 조금이라도 도와줄 수 있다면, 하고 생각했어. 최소한의 속죄라고 할까? 자기만족일 뿐이지만."

영감님에게 그런 과거가 있었다니…….

속죄든 자기만족이든, 그런 마음을 가졌다는 것이 솔직히 대단하다고 생각한다.

내가 같은 입장이라면 그런 식으로 생각할 수 있을까?

아무튼, 영감님이 힘내주셨으면 좋겠다.

그리고 이곳 아이들도.

나는 아이템 박스에서 금화가 담긴 자루를 두 개 꺼냈다.

"여기, 기부금입니다. 이 고아원을 위해서 써주세요."

"자네, 이건……."

"저는 S랭크 모험가거든요. 나름대로 벌고 있으니까 이 정도는 하게 해주세요."

"훗…… 그런가. 그렇다면 사양 않고 받겠네."

"우선은 이 낡은 건물을 어떻게 좀 하시죠. 비가 새는 거 아닙니까?"

"으하핫, 눈치챘나? 자랑은 아니지만, 비가 마구 새지."

"그럼 저는 이만 슬슬 가보겠습니다. 운영 잘 해주세요."

"그래. ……무코다 씨, 이 은혜는 평생 잊지 않겠네. 고마워."

영감님이 그렇게 말하며 깊게 고개를 숙였다.

뭐야. 영감님 내 이름 알고 있었던 거냐고.

남자다운 좋은 영감님이었어.

영감님도 아이들도 고아원을 나간 후를 생각하며 이것저것 하고 있는 모양이었으니, 그 점은 괜찮겠지.

우선은 저 허름한 고아원 건물을 다시 세워서 청결하게 안심하고 지낼 수 있게 되면 좋겠는데.

나로서는 그 정도의 일밖에 할 수 없지만, 아이들이 착실하게 살아가 줬으면 좋겠다.

페르와 드라 짱과 스이의 신세만 지고 있는 내가 할 말은 아니지만.

『이제 돌아가는 거지? 돌아가면 고기 달라고.』

『그래. 오늘은 고기를 배불리 먹고 푹 쉬어야겠다.』

내 옆을 걷는 페르와 평소 내 지정석인 페르의 등에 올라탄 드라 짱에게서 염화가 왔다.

『페르랑 드라 짱한테는 미안하지만, 집엔 아직 안 가. 여신님들 교회에도 헌금을 한다고 했잖아.』

『음, 그러고 보니 그런 말을 했었지. 닌릴 님의 교회에는 꼭 해야 한다.』

『에이, 더 기다려야 하는 거야? 얼른 돌아가서 고기 먹고 싶다고.』

『드라, 그런 말 하지 마라. 내게 가호를 주신 닌릴 님네는 꼭 가야 한다. 그래, 어서 가자.』

그렇게 말하고 페르가 저벅저벅 빠르게 걷기 시작했다.

『정말이지 어쩔 수 없네. 얼른 끝내고 돌아가서 고기 먹자고.』

드라 짱도 페르를 따라서 날아갔다.

『잠깐! 어서 가자니, 페르는 닌릴 님 교회가 어디 있는지 아는 거야? 드라 짱도 기다려. 애초에 닌릴 님 교회만 가는 거 아니거든!』

나는 앞서가는 페르와 드라 짱의 뒤를 쫓았다.

◇ ◇ ◇ ◇ ◇

페르의 주장에 의해 가장 먼저 방문한 바람의 여신 닌릴 님의 교회.

"여기가 닌릴 님의 교회야……?"

『어이어이어이어이어이, 엄청 초라하지 않아?』

드라 짱, 분명 나도 그렇게 생각하지만, 이럴 때는 분위기를 읽고 조용히 있자.

『어, 어이, 정말로 여기인 것이냐?』

우리 앞에 있던 것은 교회라고 하기에는 참으로 조촐하고 오래된 목조 건물이었다.

그 모습에는 제아무리 페르라도 당황한 모양이었다.

"분명 맞을 텐데……."

이삭 씨에게 들은 이야기로는 여기가 맞는데.

교회라고는 생각할 수 없는 건물을 앞에 두고 대체 어찌 된 일이냐며 주변을 기웃대고 있으려니, 안에서 하얀 수도복 같은 것을 걸친 20대 후반 정도의 수녀님이 나왔다.

"저기, 무슨 용건이신가요?"

"아니, 저기, 여기가 바람의 여신님의 교회인가요?"

"혹시, 신자님이신가요?!"

기대가 담긴 시선.

"아, 아니, 신자는 아닙니다만……."

내가 그렇게 답하자 "그런가요" 하고 노골적으로 실망하는 수녀님.

"저기, 신자는 아니지만 기부를 조금 할까 하는데요."

그렇게 말하자마자 수녀님이 내 양손을 덥석 잡았다.

"정말인가요?! 고맙습니다! 당신에게 바람의 여신님의 가호가 있기를. 자, 안으로 들어오시죠."

저기, 수녀님. 이미 바람의 여신님의 가호는 받았습니다.

그리고 손을 놔주셨으면 하는데.

절대로 놓치지 않겠다는 기합이 담겨 있는지, 상당한 힘이 실려 있거든요?

"꺄악!"

내 뒤에 있던 페르와 드라 짱의 존재를 깨달은 수녀님이 비명을 질렀다.

"아, 이 커다란 늑대와 작은 드래곤은 제 사역마입니다."

"그, 그런가요. 드, 들어오시죠."

들어오시죠라고 말하는 수녀님의 얼굴이 굳어 있었다.

그런데도 내 손만큼은 놓지 않는 것을 보면, 이 수녀님도 근성이 있네.

페르와 드라 짱이 제각기『어이, 나는 늑대가 아니다』라느니『나를 작다고 하지 마!』라느니 염화로 불만을 말했지만, 그대로 무시.

너희는 좀 잠자코 있어줘.

그리고 수녀님에게 안내를 받아 들어간 곳은, 작은 예배당이었다.

중앙에는 닌릴 님으로 보이는 목상이.

여신님인 만큼 자애로 가득한 표정이기는 했지만 미인인지를 묻는다면 미묘했다.

닌릴 님은 자신이 아름답다고 주장했는데…….

애초에 이게 닌릴 님의 모습 그대로인지 어떤지도 알 수 없고.

"어흠, 그럼 저희 교회에 관해 설명해드리려고 합니다. 아실지도 모르겠습니다만, 바람의 여신 닌릴 님의 신자 수는 다른 불·대지·물의 여신 신자와 비교해 적습니다. 그러나, 그러나 말입니다, 그만큼 신심이 깊은 분이 많습니다! 여기 와주시는 분도……."

수녀님은 열심히 어필을 계속했다.

그런 어필은 안 해도 괜찮은데.

이 도시의 각 교회에 관해서는 어느 정도 이삭 씨에게 들었으 니까.

엘만 왕국과 레온하르트 왕국, 그리고 마르베일 왕국도 신앙에 관해서는 자유인 듯했다.

그 신앙은 하나로 한정되지 않으며, 불과 대지의 여신님을 섬 긴다고 하는 자가 있는가 하면, 물과 바람의 여신님을 섬긴다고 하는 사람도 있을 정도다.

새롭게 믿는 것도 그만두는 것도 자유인 것이다.

뭐, 그것도 이 세 나라에 한정된 이야기이기는 하지만.

그런 자유로운 풍조 속에서 사리사욕에 빠진 사제와 수녀가 있 다면 어찌 될지는 불을 보듯 뻔했다.

하지만 그렇다고 해도 바보는 어디에나 있는 법이라 실제로 그 러한 사제가 있었다고 하는데, 도시 전체에 미움을 사게 되어 그 도시에서는 신자 수가 제로가 되는 결과를 불러왔다고 한다.

그러한 이유로 사제와 수녀가 되는 자들은 미리 그런 점을 엄 격하게 지도받는다고 한다.

상층부가 모여 있는 각국의 왕도 교회에서도 신자가 기도를 바 치는 예배당 등의 건물에는 의장에 공을 들이지만, 그 이외의 곳 에는 설령 상층부 지도자들이라 해도 질 좋은 것을 몸에 걸치기 는 해도 입장상 화려한 것은 철저하게 피한다고 한다.

그 덕분에 최근 들어서는 종교 관련 부정 사안은 거의 사라졌 다고 들었다.

인간족 지상주의인 르바노프교라는 예외는 있지만.

내 귀에도 들려온 이야기나 이삭 씨의 이야기를 종합해보면 이런 느낌이다.

이 도시의 교회도, 직분상 각각의 교회 책임자들과 만난 적이 있다고 하는 이삭 씨의 이야기로는 딱히 문제가 없다고 했다.

"저기……."

조심스러운 기색으로 말을 걸어오는 수녀님.

죄송합니다. 이야기 안 들었어요.

하지만 헌금(기부) 금액은 정해져 있으니까.

각 교회별로 같은 금액을 하려고 한다.

여기서 차이를 두면 나중에 시끄러워질 테니까.

여신님들에게 무슨 말을 들을지도 모를 일이고.

그래서 차이를 두지 않고 일률적으로 금화 30닢이다.

그렇게 정해진 거니까 얼른 주고 다음 교회로 가자.

페르와 드라 짱도 안달이 나기 시작한 것 같고.

나는 수녀님에게 금화 30닢이 담긴 자루를 건넸다.

나름 무게가 나가는 자루를 받아 든 수녀님은 만면에 미소를 띠었다.

"고맙습니다. 정말로 고맙습니다!"

수녀님이 "당신에게 바람의 여신님의 가호가 있기를" 하고 기도해주었다.

그리고 나는 교회를 뒤로했다.

자리를 뜨면서 뒤를 돌아보다가 자루 속을 본 수녀님이 "만세! 이걸로 염원하던 예배당 수리를 할 수 있겠어!"라며 덩실거리고 있는 모습을 목격하고 살짝 웃고 말았다.

그 후에는 가까운 곳부터 대지 · 물 · 불의 교회를 순서대로 돌며 헌금(기부)을 했다.

어디나 헌금은 대환영하며 기뻐해주었고 정중하게 감사 인사도 해주어서 기분 좋았다.

참고로, 신자 수가 제일 많은 곳은 대지의 여신 키샤르 님네.

다음이 물의 여신 루카 님이고 그다음이 불의 여신 아그니 님네였다.

키샤르 님네는 신자 수가 가장 많기도 해서인지 교회가 제법 훌륭했다.

닌릴 님은 단맛에만 빠져 있지 말고 조금 더 노력하는 편이 좋을지도 모르겠다.

『좋아, 고기를 먹자!』

『맞아! 고기야, 고기, 고기, 고기!』

『정말이지~ 알았다니까.』

돌아오자마자 고기고기하고 노래를 부르는 페르와 드라 짱.

『고기 먹는 거야? 스이도 먹을래!』

페르와 드라 짱이 시끄럽게 군 탓에 스이도 깼는지 가방 안에서 뽕 튀어나왔다.

『네가 그 꼬맹이 놈들을 떠맡겼으니 당연하다!』

『정말이라고. 그건 악마야, 악마. 그 녀석들을 상대하는 것만으로도 체력이 팍팍 깎여나갔다고!』

"네네 알았습니다. 고기를 듬뿍 주면 되잖아. 그래도 지금부터 시작해서는 그다지 시간을 들이는 건 못 만들거든? 간단한 걸로 할 거야."

『간단한 거라고 하면 뭘 만들 셈이냐?』

"으음, 볶음류려나? 채소볶음은 어때? 균형 맞게 고기랑 채소를 먹을 수 있으니까."

내가 그렇게 말하자 페르가 코를 찡그리고 이빨을 드러내면서 화난 투로 『고기라고 말했다만』 하고 말했다.

딱히 그렇게 화낼 건 없잖아.

"그럼 오크 고기나 던전 돼지 고기로 생강구이 같은 건?"

이거라면 시판되는 생강구이 양념으로 바로 만들 수 있으니까.

『오오, 생강구이라. 그건 좋다.』

생강구이 맛을 떠올렸는지 페르의 입에서 군침이.

정말, 더럽잖아.

『생강구이, 맛있지. 나도 좋으니까 그걸로 해!』

『스이도 생강구이 좋아!』

드라 짱도 스이도 이미 생강구이 모드다.

"그럼 생강구이로 할까. 고기는…… 던전 돼지로 하자. 재고가 아직 장난 아니게 많으니까. 밥도 지어놓은 게 있으니까 생강구이 덮밥으로."

고기고기 노래를 했어도 생강구이만 먹기엔 맛이 너무 진하니까.

역시 밥이랑 같이 먹는 게 제일이지.

『그건 좋다만, 채소는 필요 없다. 밥 위에는 고기만 얹어라.』

"채소 없다라니. 양배추가 있는 편이 산뜻하게 먹을 수 있다고."

『아니, 고기만 있으면 된다. 고기만 얹어라. 듬뿍 말이다.』

『나도 오늘은 고기를 실컷 먹고 싶으니까 페르랑 똑같이 부탁해.』

『스이도 고기 많이가 좋아.』

예이예이.

정말이지, 어쩔 수 없다니까.

시판 양념을 써서 후다닥 만든 생강구이.

그걸 모두의 바람대로 그릇에 담은 밥 위에 양배추 없이 바로 얹었다.

『어이, 더 올려라.』

"더라니, 이것도 듬뿍 얹은 거라고."

『그걸로는 부족하다. 더다.』

페르에게 재촉을 받아서 생강구이를 더 올렸다.

"이 정도면 충분하지?"

『더다!』

더더 하고 재촉을 받아서 생강구이를 쌓아 올렸다.

"이거면 됐지? 이 이상은 무리야. 쏟아진다고."

그리고 최종적으로 완성된 것은 수북하게 솟아오른 생강구이 탑.

『그래. 이거면 됐다.』

페르는 눈앞에 우뚝 선 생강구이 탑에 만족했다.

당연히 드라 짱과 스이 앞에도 같은 것이 놓였다.

『이거 먹을 맛 나네.』

『맛있어 보여~.』

그리고 눈앞의 생강구이 탑을 공략하기 위해 우걱우걱 먹기 시작하는 트리오.

순식간에 공략되어가는 생강구이 탑을 보며 나는 "너무 빠르잖아" 하고 쓴웃음 지었다.

생강구이 탑을 제각기 몇 개나 제패하고 드디어 만족한 페르와 드라 짱과 스이.

페르와 드라 짱은 아이들을 상대하느라 상당히 지쳤는지, 그대로 바로 잠자리에 들었다.

드라 짱에 이르러서는 좋아하는 목욕까지 포기할 정도였으니, 상당히 피곤한 것이리라.

나와 스이 둘이서 목욕을 한 다음 메인 침실로 가보니……

드르렁, 드르렁──.

새애액, 새애액──.

규칙적으로 들려오는 소리.

발생처는 페르와 드라 짱이었다.

"크큭, 페르도 드라 짱도 코를 골며 자고 있어."

『재밌는 소리가 나.』

"그러게."

코를 골면서 깊게 잠든 페르와 드라 짱을 스이와 함께 바라보면서 키득키득 웃고, 우리도 잠자리에 들었다.

◇　◇　◇　◇　◇

아침밥을 먹은 다음 상인 길드로 가서 빌렸던 집 열쇠를 반납하고, 그길로 페르와 드라 짱과 스이를 데리고서 모험가 길드로 향했다.

『이 도시를 나서면 단숨에 던전을 향해 간다』라고 선언한 셋은 모험가 길드로 가는 길에도 의욕이 넘쳤다.

모험가 길드로 들어가 창구에 말을 걸었더니 직원분이 곧바로 이삭 씨가 있는 곳으로 안내해주었다.

이삭 씨로 말하자면, 길드 마스터 방에서 이른 아침부터 서류 작업에 몰두해 있었다.

"무코다 씨, 어서 오십시오. 죄송하지만 잠시만 기다려주세요."

급한 작업인지 뭔가를 맹렬하게 적어넣고 있었다.

"아, 기다리고 있을 테니까 서두르시지 않아도 괜찮습니다."

직원분이 끓여준 차를 마시면서 잠시 기다렸다.

"오래 기다리셨습니다. 영차."

이삭 씨가 그렇게 말하면서 무거워 보이는 자루 네 개를 테이블 위에 올려놓았다.

"타이런트 포레스트 파이선 토벌 보수가 금화 230닢, 소재 매입 대금이 금화 180닢. 전부 해서 금화 410닢입니다."

그리고 벽에 기대어 세워져 있던 두르르 말린 융단 같은 것을 내 앞에 투욱 내려놓았다.

그렇지 않아도 아까부터 신경 쓰였는데, 그 무늬를 보면 타이런트 포레스트 파이선 가죽인 거겠지……?

"이게 요청하셨던 가죽 3분의 1입니다."

역시.

아니, 3분의 1로 이런 중량감이라니.

좀 실패했는지도 모르겠다.

5분의 1, 아니 6분의 1 정도여도 충분했을 것 같은데.

너무 큰가 싶기도 하지만 람베르트 씨에게 줄 선물이니까 됐다고 치자.

람베르트 씨가 부담스러워하는 것 같으면 그 가죽으로 가방과 자잘한 물건 몇 가지를 제작해달라고 부탁해도 좋고.

아, 이 가죽으로 우리 집안 사람들 물건을 만들어서 주는 것도 괜찮겠는걸.

뭐 그 부분은 람베르트 씨와 긴히 상의를 해봐야지.

그런 생각을 하며 금화가 담긴 자루와 타이런트 포레스트 파이선 가죽을 매직 백에 수납했다.

"그럼 이만."

"아쉽습니다. 조금 더 이곳에 머물러주셔도 좋을 텐데요."

던전을 고대하는 애들이 있으니 그건 힘든 이야기려나.

게다가 오래 머물면 이런저런 일을 떠맡길 것 같은 느낌이 든다.

쓴웃음을 지으며 이제 바로 이 도시를 떠날 거라고 알리자 이삭 씨가 아래층 출입구까지 배웅을 나와주었다.

"그럼 신세 많았습니다."

"아뇨 아뇨 저야말로. 긴급 의뢰를 받아주셔서 정말 감사했습니다. 고맙습니다. 또 이 도시에 들러주십시오. 뭐, 그때 저는 또 다른 도시로 보내지고 없을지도 모르지만요. 하하하……."

이삭 씨, 애수가 감돌고 있어…….

아, 그렇지. 그거, 그거.

그걸 주면 조금은 기운이 날 테지.

이삭 씨에게 들키지 않도록 조심하며 아이템 박스 안에서 슬쩍 【신약 모발 파워】를 꺼냈다.

"이삭 씨, 신세를 진 답례입니다."

너무나도 안타까운 이삭 씨의 머리카락을 생각해서 【신약 모발 파워】 외에도 발모 샴푸도 덤으로 함께 건넸다.

"이건?"

"그게, 머리카락에 좋은 약이라고 할까……. 이 샴푸로 머리를 감은 다음엔 물기를 잘 말리고 이쪽 발모제를 조금씩 손에 덜어서 두피 전체를 주무르듯이 마사지하면서 발라보세요."

그렇게 말하자 두 눈을 크게 부릅뜨고서 내 손에 들린 【신약 모발 파워】와 발모 샴푸를 뚫어져라 바라보는 이삭 씨.

"이, 이건 설마, 레온하르트 왕국의 귀족들 사이에서 뜨거운 화제가 되고 있는……."

어라? 알고 계셨습니까?

"이 나라에까지 소문이 난 건가요? 실은 이걸 판매하고 있는 상인분과 친하게 지내는 사이라 몇 개 받아서 가지고 있었습니다."

"무, 무코다 씨이이이! 다, 당신은 제 마음의 친구입니다! 으어어어엉, 어엉어엉어엉."

"어? 오, 오열? 아니, 끌어안지 마세요!"

"무코다 씨이이이."

"아니, 잠깐, 이삭 씨, 놔주세요!"

대머리 아저씨한테 안겨봐야 기분 나쁠 뿐이라고요옷!

"페, 페르, 도와줘!"

페르에게 도움을 요청했지만 『난 모른다』하고 외면해버렸다.

너, 어제 일을 마음에 담아두고 있는 거냐고옷!

"드, 드라 짱!"

드라 짱도 흥 하고 외면해버렸다.

드라 짱도냐앗.

스, 스이는?

가방 안에서 숙면 중이라 틀렸어.

온 힘을 다해서 매달리는 이삭 씨를 떼어놓으려 해보았지만,
이 대머리 아저씨는 의외로 힘이 세서 좀처럼 떨어지질 않았다.

"고맙습니다, 고맙습니닷!"

"아, 알겠다고요. 아무튼 좀 떨어지세요!"

슬프게도 이곳은 아침의 모험가 길드.

당연하다고 할까, 많은 모험가들이 모여 있었다.

흥미진진하다는 시선으로 주목을 받고 있는 우리.

그 사이에서 "길드 마스터, 사랑싸움이야?" 같은 야유도 들려
왔다.

아니거든!

그것도 이런 대머리 아저씨랑! 절대 있을 수 없는 일이라고!

"오해라고오오오——!!!"

·················.

············.

······.

"하아~ 험한 꼴을 당했어……."

겨우겨우 불명예스러운 사랑싸움이라는 오해를 푼 다음, 빠르게 힐슈펠트를 떠났다.

『으하하하하, 이걸로 비긴 거다.』

『그렇지. 어제 우리를 도와주지 않았으니까.』

우으으으으으.

『좋아, 던전을 향해서 출발이다.』

"망할, 동의하고 싶지 않지만 얼른 이 도시에서 멀어지자고!"

우리 일행은 다시 던전이 있는 브릭스트를 향해서 출발했다.

"저게 브릭스트인가. 던전 도시라 역시 크네."

『드디어 도착했나. 더 일찍 올 수도 있었는데 말이다.』

"어쩔 수 없잖아. 네 위에 타는 내 처지가 되어보라고."

이 이상의 속도로 달리면 네 위에서 ㅇㅇ(삐이)할 자신 있거든.

게다가 드디어라느니 해도, 카레리나에서 보통 마차로 두 달 정도 걸린다고 하는 거리를 약 3주 만에 도착했으니까 괜찮은 편이잖아.

『그런 건 됐으니까, 얼른 가자고! 던전이 우리를 기다리고 있다고!』

『음, 그렇구나. 그나저나 드디어 던전인가. 인간 사이에서는 난관이라고들 한다던데, 참으로 기대되는구나.』

그렇게 말하고 눈을 형형하게 빛내며 당장에라도 도시로 달려 들어갈 듯한 페르와 드라 짱에게 기다려를 외쳤다.

"잠깐 잠깐 잠깐!"

기다려를 외친 내게 불만 가득한 표정을 지어 보이는 페르와 드라 짱.

『뭐냐?』

『그러니까. 드디어 던전에 들어가려고 하는데.』

"아니, 페르도 드라 짱도 줄을 무시하고 그대로 도시로 쳐들어 가려고 했잖아! 당연히 그러면 안 되지."

『크으읏…….』

『쳇, 역시 줄을 서야 하는 거야?』

"다 알고 있으면서!"

『언제나 도시에 들어갈 때는 줄을 서게 해서 시간이 걸린다. 네가 그러라고 하니까 할 수 없이 줄을 서주고는 있다만, 알겠느냐? 나는 펜리르다.』

"그래서 뭐? 펜리르니까 바로 무조건 도시로 들어가겠다는 거야?』

『그래. 나라면 간단한 일이다. 저 문 앞에 있는 인간들도 별수 없을 거다.』

기세 당당하게 뭘 당연하다는 얼굴을 하고 있는 건데.

하아~ 하고 무심코 한숨이 나왔다.

"페르, 이 나라와 전쟁할 셈이야? 문 앞의 병사를 제쳐버리고 들어간다는 건 악수 중의 악수라고. 큰일이 벌어질 게 뻔하잖아. 그러면 던전에 들어갈 상황이 아니게 된다고."

『으음.』

으음이 아니거든?

그야 페르한테는 별것 아닌 일일 테지만, 그래 버리면 던전 같은 데 들어갈 상황이 아니게 된다.

『문 앞의 병사를 제쳐버리는 게 안 된다는 거지? 그럼 역시 벽을 뛰어넘는 편이 낫지 않아? 지금까지의 도시에서도 하려고 할 때마다 네가 엄청나게 막았지만, 문에서 좀 떨어진 곳에서 몰래 벽을 뛰어넘으면 아무도 모를 거야.』

드라 짱의 말에도 한숨이 나오고 말았다.

저기, 드라 짱. 너도 생각이 짧구나.

"페르랑 드라 짱은 말이야, 엄청나게 눈에 띄거든? 언제 도시에 들어온 거냐? 하는 얘기가 나왔을 때, 멋대로 도시에 들어왔다는 걸 들켜보라고. 페르의 생각과 마찬가지로 큰일이 벌어질걸? 최악의 경우엔 도시에서 추방이야. 그렇게 되면 던전에는 들어가지 못하게 된다고."

『크읏…….』

"결국 제일 좋은 건, 조금 시간은 걸려도 제대로 줄을 서서 정식 수속을 밟고 도시에 들어가는 거야. 그러면 아무런 문제도 없으니까, 던전도 마음껏 탐색할 수 있다고."

내가 그렇게 말하자 페르와 드라 짱은 떨떠름해하면서도 도시로 들어가는 행렬 제일 끝에 줄을 섰다.

페르와 드라 짱의 모습을 보고 약간의 소동이 벌어졌지만 "제 사역마입니다!"라고 설명해서 겨우 진정시켰다.

우리 앞뒤로만 묘하게 공간이 생겨 있었는데, 어쩔 수 없는 일이겠지.

잠시 줄을 서서 기다려 드디어 브릭스트 안으로 들어갔다.

여기서도 계급이 조금 높은 병사가 나와서 긴장한 기색으로 "브릭스트에 오신 것을 환영합니다. 편하게 지내십시오"라며 인사를 했다.

이 도시에도 왕궁에서 지령이 내려왔던 거겠지.

◇ ◇ ◇ ◇ ◇

『주인, 던전 안 가?』

드디어 잠에서 깬 스이가 기대하던 던전에 가고 싶어 근질근질한 모양이었다.

"으음, 오늘은 늦었고 내일은 던전용 밥을 준비하는 데 써야 하니까…… 모레쯤이려나?"

『뭐라?! 오늘은 이제 어쩔 수 없다고 해도, 모레라는 말은 듣지 못했다!』

『맞아 맞아! 겨우 도착했으니까 내일부터 들어가자고!』

스이에게 던전은 모레부터라고 답한 순간, 페르와 드라 짱이 이의를 외쳤다.

다들 몹시 기대했으니까 마음은 알지만, 집을 고르는 데 시간이 제법 걸린 데다 던전에 들어가기 전에 준비도 해야 한다고…….

이 도시에 도착하자마자 우선은 평소처럼 상인 길드로 가서 집 한 채를 빌렸는데, 이게 시간이 상당히 걸렸다.

그도 그럴 것이, 여기 브릭스트의 던전은 난관 던전이라고 불리고 있지만 그만큼 그곳에서 얻을 수 있는 드롭 아이템과 보물은 고가인 것이 많다.

그렇게 되면 자연히 모험가도 많이 모여든다.

난관이라 불리는 만큼 고랭크 모험가도 많이 모여 있고, 지금이 있는 고랭크 모험가 파티가 장기 체재할 경우엔 우리와 마찬가지로 집 한 채를 빌려서 거점으로 삼고 있는 듯했다.

그 탓인지 평소 빌리던 정도의 비어 있는 집이 없었다.

보여준 물건은 크기가 너무 작거나, 너무 낡거나 해서 나나 페르 일행 마음에 드는 게 없었다.

그리고 겨우 정한 것이 이 집이다.

방이 열다섯 개인 저택으로, 정원도 넓다.

게다가 도시 중심인 상점가에 가기도 모험가 길드와 상인 길드에 가기도 편한 주택가의 제일 좋은 위치에 있는 호화 저택이다.

집세가 너무 비싸서 아무도 빌리겠다고 나서는 사람이 없었던 물건을 우리가 빌렸다.

일주일 집세가 금화 100닢을 넘는다고 하니, 지금까지 좀처럼 빌리겠다는 사람이 나타나지 않았던 모양이다.

금화 100닢이라고 듣고 나도 역시 주저했지만, 페르와 드라 짱이 마음에 들어 해서(스이는 자고 있어서 의견은 듣지 못했지만) 마음을 크게 먹고 여기로 정했다.

2주간 빌리는 데, 잔돈을 제외하고 금화 200닢.

경제 활성화에 도움을 주고 셀러브리티의 기분도 맛볼 수 있으니 됐다고 치기로 했다.

이제 그 이야기는 제쳐두고, 던전이다. 던전.

페르도 드라 짱도 스이도 이곳 던전은 매우 기대하고 있기 때문에 늦어도 내일은 들어가고 싶다고 난리를 피웠다.

『내일이다 내일! 나는 줄곧 기대하고 있었단 말이다! 더는 못 기다린다!』

『나도 그렇다고! 난관 던전이란 말을 들은 후로 쭉 기대하면서 기다렸거든. 드디어 던전 도시에 도착했으니까, 아무튼 서둘러 들어가고 싶다고!』

『스이도 던전에 얼른 가고 싶은데~.』

"음, 하지만 말이지. 던전에 들어가면 바로 돌아올 수는 없을 테고, 밥은 중요하잖아. 심지어 이곳 던전은 난관이라고 하니까, 던전 안에서도 맛있는 걸 먹고 싶지 않겠어? 그렇지 않아도 다들 맛에는 깐깐하니까."

『크읏, 그건 그렇지만……. 그, 그래. 밥은 던전 안에서 만들면 된다. 고기는 잔뜩 있을 테지?』

『맞아! 맞아! 요리에 필요한 거, 그 뭐냐, 마도 버너! 그것도 갖고 있으니까 던전 안에서 밥을 하면 되잖아!』

"저기 있지, 던전 안에서 밥을 만들려고 하면 인터넷 슈퍼를 쓸 수 없잖아. 다른 모험가들 앞에서 그런 걸 써보라고. 큰 소동이 벌어질걸? 뭐, 음식 맛이 아주 떨어지겠지만 인터넷 슈퍼를 쓰지 않는 요리라도 괜찮다고 한다면 얘기는 달라지겠지."

맛을 결정짓는 비장의 조미료는 대부분 인터넷 슈퍼에서 사고 있으니까 말이지.

『그, 그건 안 되지! 나는 던전에서도 맛있는 걸 먹고 싶다고!』

『스이도 던전에서 맛있는 거 먹고 싶은데.』

『드라와 스이의 말대로다! 맛이 떨어지는 건 절대 안 된다. 그래. 다른 모험가에게 들키는 게 안 되는 거라면, 사람 눈에 띄지 않는 곳을 찾으면 되지 않느냐? 난관 던전이라고 불릴 정도다. 나름 넓을 테니 그런 장소쯤은 얼마든지 찾을 수 있을 거다.』

225

『페르 말이 맞아! 뭐하면 내가 쌩하니 날아다니면서 그런 장소를 찾아도 된다고.』

얼굴을 쭉쭉 들이밀어 대는 페르와 드라 짱.

어느샌가 페르의 머리 위에 올라탄 스이한테서는 『주인, 얼른 던전에 가고 싶어』라는 염화까지 들어오고 있다.

"아, 알았어. 알았어. 내일 바로 던전! 그걸로 됐지?"

『그래. 당연하다.』

『만세!』

『던전, 던전! 와아~.』

페르는 성대하게 꼬리를 파닥파닥 움직이고, 드라 짱은 넓은 실내를 곡예비행하고, 스이는 뿅뿅 고속으로 뛰어오르며 기쁨을 표현했다.

『좋다. 그렇게 정해졌으면 오늘 저녁은 정성이 듬뿍 들어간 걸 먹게 해라. 그래. 이세계 음식을 차려라. 이세계 식재료를 먹으면 강해지니 마침 딱 좋지 않으냐.』

"네, 각하."

『어, 어째서냐?』

"너희가 먹으면 너무 강해지잖아. 특히 페르는 예전 그때처럼 활력이 넘친다느니 하면서 혼자 던전으로 돌격할 것 같거든."

『아하하, 확실히 페르라면 그럴 것 같네!』

『웃지 마라. 드라도 마찬가지 아니냐! 게다가 최근 갑자기 호전적으로 변한 스이도 마찬가지다.』

『맞아. 우리는 싸우는 걸 좋아하니까!』

『으응? 잘 모르겠지만, 스이 많이 싸울 거야!』

『크크큭, 역시.』

드라 짱, 역시가 아냐.

정말이지 모두 호전적이라니까.

하지만 뭐, 내일부터 던전에 들어가야 하니까 정성이 듬뿍 들어간 음식을 먹자는 말도 일리는 있지.

난관 던전에 도전하기 전에 스태미나를 올려두기로 할까요.

"그래, 전부 다 이세계 식재료로 할 수는 없지만 정성 들인 요리를 해줄게."

다행히 고기 던전에서 재료도 구했으니까.

정성이 들어간 음식, 요컨대 스태미나 요리다.

스태미나 요리라고 하면 이걸 떠올리는 사람도 많을 터다.

바로, 간 부추 볶음.

고기 던전에서 던전 돼지의 신선한 간도 구했으니, 간단하고 쉬운 스태미나 요리로 괜찮지 않을까 싶었다.

무엇보다 나도 오랜만에 먹고 싶기도 하고.

간 부추 볶음은 자주 먹고 싶어지는 음식은 아니지만, 때때로 참을 수 없이 먹고 싶어진다.

그런고로 간 부추 볶음을 만들어볼까 한다.

지금까지 빌렸던 저택 중에서도 제일 호화로운 주방에서 만드는 게 가장 서민적인 간 부추 볶음이라니 웃음이 좀 나오는걸.

아무튼, 인터넷 슈퍼에서 재료 조달이다.

부추, 숙주, 그리고 튜브에 담긴 다진 생강과 다진 마늘(이번에는 쉽고 편하게 진행하기 위해 튜브에 담긴 걸 쓰기로 했다)과 오이스터 소스, 분말형 닭고기 육수.

다음은 간 잡내를 제거하는 데 쓸 우유다.

여기에 가지고 있는 조미료들이 있으면 충분하리라.

재료가 갖춰졌으면 바로 조리 개시다.

"우선은 간 밑손질부터 해볼까."

던전 돼지 간의 힘줄을 제거하고 피를 물로 씻어낸 다음 한입 크기로 자른다.

그리고 간의 핏덩어리를 씻어내고 냄새를 제거하기 위해 우유에 15분에서 20분 정도 재워둔다.

그 사이에 부추를 5센티미터 정도 길이로 자르고, 간을 밑간하는 데 쓸 양념과 볶는 데 쓸 양념을 만든다.

밑간에 쓸 양념은 술과 간장과 다진 생강과 다진 마늘을, 볶는 데 쓸 양념은 오이스터 소스와 간장과 설탕과 닭고기 육수 분말을 섞은 것이다.

볶을 때는 맛이 잘 어우러지도록 물에 푼 녹말도 쓰는 것이 내 방식이라서 그것도 준비해두었다.

우유에 재워 냄새 제거가 끝난 간을 슬쩍 물로 씻고 키친타월로 간의 물기를 닦는다. 밑간용 양념을 뿌려서 가볍게 주물러 버무리고 5분 정도 재워둔다.

간에 밑간이 뱄을 때쯤 전분을 뿌린 뒤, 프라이팬에 참기름을 넉넉하게 두르고 달궈졌을 무렵에 준비해둔 간을 넣고 양면을 노릇하게 굽는다.

간을 일단 프라이팬에서 꺼내서 키친타월로 가볍게 기름을 닦아낸다. 그리고 다시 프라이팬에 참기름을 두르고 부추와 숙주를 볶는다. 어느 정도 익었을 때 간을 다시 넣고 볶음용으로 준비한 양념을 넣어서 전체를 섞어가며 볶다가 마지막으로 물에 푼 전분을 넣은 다음 살짝 점성이 생기면 완성이다.

"좋아, 다 됐어. 정말이지 식욕을 돋우는 냄새네. 여기에는 하얀 쌀밥이 잘 어울리니까, 애들한테는 밥 위에 간 부추 볶음을 얹어서 덮밥 형태로 주기로 할까."

『그래, 어서 다오.』

『맞아, 맞아. 얼른, 얼른!』

『밥, 밥~.』

모두 더는 참지 못하고 주방으로 들이닥쳤습니다.

"아, 정말. 이제 막 완성된 참이니까 거실에서 기다려. 금방 가져갈 테니까."

그리 말하자 내키지 않아 하면서도 거실로 물러가는 페르와 드라 짱과 스이.

서둘러 밥을 차려서 셋에게 가져다주었다.

"스태미나가 붙는 간 부추 볶음이야. 이건 흰쌀밥과 잘 어울리니까, 밥 위에 얹어서 덮밥으로 만들어봤어."

『간 부추? 맛있는 냄새의 정체가 이거냐?』

잠깐, 잠깐. 간 부추 볶음을 보고 불만스러워하는 페르,

『냄새는 좋긴 한데, 이거 고기야?』

드라 짱도 수상쩍어하는 눈으로 보지 말라고.

남은 스이는 한번 살짝 맛을 볼까 하는 느낌으로 간 부추 볶음을 삼키고 있었다.

『맛있어! 이거, 맛있어!』

응응, 그렇지?

맛을 본 스이는 맛있다는 것을 깨달은 듯 바로 먹기 시작했다.

"봐, 스이가 맛있다고 하잖아. 드라 짱, 고기야? 하고 물었지? 고기 맞아. 던전 돼지 내장이라고. 간 부분이거든. 영양 만점의 스태미나 요리라고."

『내장인가. 내장이 맛있다는 건 네 요리를 통해서 알게 되기는 했다만, 이건 채소가 너무 많이 들어가지 않았느냐?』

"간 부추 볶음이니까. 간 부추 볶음에는 부추와 숙주가 꼭 들어가야 하거든."

『하지만…….』

채소가 너무 많다며 불만스러운 표정을 짓는 페르.

채소를 싫어한다는 건 알지만, 못 먹는 건 아니니까 일단 먹으라고.

『페르, 이거 의외로 맛있어. 이 양념이 좋아. 이 녀석 말대로 쌀밥이랑 잘 어울린다고.』

어느 틈엔가 우걱우걱 먹기 시작한 드라 짱에게서 지원 사격이.

『주인, 더 줘! 저기, 페르 아저씨. 이거 맛있어~.』

스이에게서도 추가 주문과 함께 겸사겸사라는 듯한 지원 사격이.

『크음.』

"크음, 이 아니라. 일단 먹어보라니까. 채소가 들어간 요리도 지금까지 맛없어서 못 먹을 건 내준 적 없잖아. 그러니까 이것도 당연히 맛없지 않다고."

그렇게 말하자 떨떠름한 느낌으로 음식에 입을 댔다.

처음에는 머뭇거리며 조금씩 먹었지만, 점점 우걱우걱 한입 가득 먹는 페르.

그러더니 아무 일도 없었다는 듯이 『음, 뭐 나쁘지는 않구나. 내장이 좀 더 들어가는 편이 내 입맛에 맞을 것 같다』라는 말을 했다.

그런 페르를 보며 쓴웃음을 짓고, 나도 간 부추 볶음을 맛보기로 했다.

"역시 간 부추 볶음에는 쌀밥이 어울린다니까."

간 부추 볶음과 흰쌀밥을 번갈아 먹으면서 진심으로 그렇게 생각했다.

이렇게 되고 보니 역시 맥주가 마시고 싶어지는걸.

옛날부터 간 부추 볶음에는 맥주가 딱이라고 여기고 있는 나.

그런 생각을 하면서 간 부추 볶음을 덥석.

"약간 걸쭉한 소스가 잘 버무려져서 맛있어. 늘 먹었던 거긴 하지만, 이게 맛있다니까. 아, 역시 여기에는 맥주지. 맥주!"

내일부터 던전에 들어가야 하지만 한 캔 정도는 괜찮겠지.

그리 생각하며 아이템 박스에 보관해두었던 차가운 캔 맥주를 꺼냈다.

푸슉, 꿀꺽 꿀꺽 꿀꺽──.

"하아~ 맛있어! 역시 간 부추 볶음에는 맥주지!"

『어이, 그건 술이냐? 내일부터 던전에 가야 하는데, 괜찮겠지?』

눈치 빠르게 알아챈 페르에게 그런 말을 들었다.

"한 캔만 마실 거니까 괜찮아. 괜찮아."

『그렇게 말한다면 더는 참견하지 않겠다만, 내일은 던전이다.
그걸 잊지 마라.』

"알았다니까."

『그럼 됐다. 그보다, 더 다오.』

『나도! 이거 뭔가 중독될 것 같은 맛이야.』

『스이도 더 줘~.』

"그것 봐, 간 부추 볶음 맛있지? 잔뜩 만들었으니까 많이 먹어."

그런 느낌으로 우리는 간 부추 볶음을 배가 부를 때까지 만끽
했다.

목욕을 마치고 거실에서 잠시 한숨을 돌렸다.

페르는 이미 잠이 들었고, 드라 짱과 스이도 목욕을 마친 다음 과
일 우유를 마시고서는 내일 던전에 대비해서 바로 자러 가버렸다.

"후우, 내일부터 던전인가……. 뭐, 페르와 드라 짱과 스이도 있
고, 완전 방어 스킬도 있으니까 괜찮을 거라고는 생각하지만, 역

시 싫다니까. 마물이 눈앞에 나타나면 역시 다리가 얼어버리기도 하고. 그래도 뭐, 모두가 기대한 일이니까 힘낼 수밖에 없겠지."

마시던 캔 커피를 비우고, 그럼 이만 자볼까 하고 몸을 일으키는 순간 생각이 났다.

"그러고 보니 공물이 있었지. 아직 한 달은 지나지 않았지만, 기한까지 일주일도 안 남았으니까. 던전에 들어가 있는 동안에 기한이 지나갈 것 같은데…… 아니, 확실히 지나가겠네. 아무래도 일주일 안에 지상으로 돌아올 것 같지는 않으니까……."

그렇다고는 해도 내일은 던전에 들어가기로 정해져 있다.

아무래도 신분들의 한 달 치 세세한 요청에 따라줄 시간까지는 없을 것 같다.

그렇게 생각해서 일단 긴급 조치로 2주일분의 공물만 바치는 것으로 부탁해보기로 했다.

드랭과 에이블링 던전에서의 일을 생각하면, 여기가 난관이라고 해도 2주일 이상 걸리는 일은 아무래도 없을 거라는 계산이었다.

'아크(방주)' 멤버들에게 받은 전이석도 있으니까, 안 되겠다 싶을 경우 30계층 이전이라면 지상으로 돌아올 수도 있고.

애초에 이 집도 2주 동안만 빌린 상태라 그 기간 안에 돌아와야만 하기도 했다.

고로, 2주일분의 공물을 바친다고 했을 때, 내가 제안하려는 바는 다음과 같다.

2주 이내에 던전에서 돌아온다고 해도 그 공물은 그대로 두고,

돌아왔을 때 다시 통상 한 달치의 공물을 바치는 것.

이거라면 신들이 손해 보는 일도 없고, 불만이 나오지 않으리라.

신들로서는 의외로 좋은 조건이 되어버리지만, 이번만큼은 어쩔 수 없지.

그럼, 그렇게 정해졌으면 말을 해보기로 할까요.

◇　◇　◇　◇　◇

"저기, 여러분. 계십니까~?"

그렇게 말을 걸자마자 들려오는 소란스러운 발소리.

『물론 있느니라! 케이크, 도라야키, 아무튼 단것을 이 몸에게!』

『어라? 조금 이른 것 같은데?』

『한 달은 아직 안 됐어. 하지만 뭐, 괜찮지 않아?』

『……아이스크림.』

『위스키, 위스키다! 얏호!』

『기다렸다고! 위스키가 아슬아슬했는데 다행이야!』

늘 있는 일이기는 하지만, 한마디 하자마자 바로 이렇게 다 모이다니.

그보다, 일부 엄청나게 흥분한 신이 있는데.

신은 의외로 한가한 건가?

『아니야. 다른 애들은 어떨지 모르지만 나는 의외로 바쁘다고.』

『거짓말쟁이. 키샤르도 한가하잖아.』

『우후후후후, 조용히 해. 아그니.』

『우와, 무서워.』

키샤르 님, 말투는 부드러운데 목소리가 왠지 무서워요.

"그러고 보니, 여신님들 교회에 조금 기부를 했습니다."

『봤어. 좋은 마음가짐이야.』

『그래, 아주 잘했느니라!』

『고마워!』

『……앞으로도 잘 부탁해.』

"그런데, 여신님들 교회는 있었지만……."

헤파이스토스 님과 바하근 님의 교회는 없었다.

『헤파이스토스와 바하근네는 약소하니라~. 신자도 적고 신앙
도 약하니라.』

『크읏……. 나, 나는 드워프 녀석들에게는 열광적인 신앙을 받
고 있다!』

『내, 내 신자는 그 대륙이 아니라 저쪽 대륙에 많다고!』

『센 척하기는. 으하하하.』

닌릴 님, 헤파이스토스 님과 바하근 님을 놀리고 있는데, 그럴
때가 아니라고 봅니다.

그게, 닌릴 님네 교회 너덜너덜한 게 꼴이 말이 아니었거든요.

『너, 너!』

이런, 생각을 읽힌 건가.

하지만 사실인걸.

『크하하하하하, 그래. 이 녀석이 생각하는 대로다! 교회가 있어
도 그런 비참하고 허름한 교회여서야~.』

『아하핫, 말 잘했어. 그런 허름한 교회는 없는 편이 낫다고.』

『크으으으으으, 너희드을.』

『그만, 거기까지. 이야기가 진행되질 않잖아.』

『하지만 이놈들이!』

『먼저 놀린 닌릴이 잘못한 거잖아.』

『우으으으으.』

『우으으가 아냐. 그런 것보다, 네가 조금 일찍 우리에게 말을 건 데는 이유가 있을 테지?』

오오, 역시 키샤르 님.

잘 아시잖아.

"저기, 실은 말이죠……."

이쪽 사정이기는 하지만, 신들에게 2주분의 공물에 관해 설명했다.

『그렇구나. 나는 좋아. 우리가 손해 보는 일은 아닌걸.』

『이 몸도 그게 좋으니라! 그보다 어서 이 몸에게 단걸! 케이크와 도라야키니라!』

『닌릴, 너 시끄러워. 나도 그거면 괜찮아. 아무리 길어도 네가 던전에 있는 건 2주 동안이라는 거잖아? 그보다 전에 돌아오면, 그만큼이 그대로 우리 이득이 되는 거니까, 거절할 이유가 없지.』

『……나도 좋아.』

『나는 위스키만 준다면 아무 불만 없다네.』

『그렇지. 아그니 말대로 우리한테 손해 되는 일이 아니고.』

좋아, 모두의 승낙을 받았다.

"그럼 요청을 받겠습니다. 빠르게 부탁드립니다. 내일부터 던전이니까, 그걸 대비해서 좀 일찍 자고 싶거든요."

『그러네. 던전에서는 열심히 해줘야 하니까. 다음 외부 브랜드가 걸려 있는걸. 그런 거니까, 닌릴부터 냉큼 이야기해.』

『뭐가 냉큼이냐. 멋대로 지시하지 마라.』

『그럼 닌릴은 차례가 뒤로 밀려도 괜찮은 거야?』

『어, 어째서 그리되는 것이냐! 이야기 안 한다고는 안 했다! 이 몸이 처음이니라!』

『정말이지. 그럼 냉큼 이야기해.』

『크으으으으읏.』

뭐가 크으읏입니까?

빠르게 해달라고 말했잖습니까.

"닌릴 님, 얼른 부탁드립니다. 아니면 공물은 필요 없으신 겁니까?"

『으아아아앗, 필요한 게 당연하지 않으냐! 이 몸이 원하는 건 물론 단것, 케이크와 도라야키니라! 일주일 전에 마지막 도라야키를 먹은 후로 이세계 단맛을 먹어보지 못했느니라. 어서, 어서 이 몸에게 케이크와 도라야키르으으으을.』

닌릴 님, 일주일 전에 마지막 도라야키라니…….

그렇게나 많은 케이크와 도라야키를 건넸는데.

닌릴 님은 역시 닌릴 님이네.

후미야의 페이지를 열어서 빠르게 케이크와 도라야키를 카트에 담았다.

닌릴 님에게서 케이크는 한정 메뉴가 있다면 그걸로 해달라는 강력한 요청이 있었기 때문에, 그걸 중심으로 골랐다.

마침 국산 과일 페어를 하고 있어서 그 페어의 한정 케이크로.

멜론 프리미엄 롤케이크와 쇼트케이크, 파인애플 시폰, 감귤 타르트 등등.

평소처럼 종이 상자에 담긴 그것을 전달한 순간, 닌릴 님이 괴성을 지르더니 허둥지둥 발소리를 내며 어딘가로 가버렸다.

유감 여신(닌릴 님)…….

『닌릴…….』

조금 한심하다는 듯한 느낌의 키샤르 님 목소리가 들렸다.

"저기, 닌릴 님은?"

『너한테 받은 공물을 끌어안고서 자기 궁으로 돌아갔어. 정말이지, 어쩔 수 없는 애라니까. 분위기를 바꿔서, 다음은 나야. 내가 요청할 건…….』

키샤르 님의 요청은 당연히 미용 제품으로, 자주 쓰는 스킨, 로션, 크림이었다.

나머지는 입욕제와 보디샴푸와 샴푸&트리트먼트를 여러 종류.

전에 내가 그날의 기분에 따라 구분해 쓰는 것도 좋다고 권했었는데, 해보니 이세계제 샴푸 등등은 전부 향이 좋아서 그날의 기분에 따라서 무얼 쓸지 고르는 것만으로도 기분이 좋아진다고 했다.

지금은 보디샴푸와 샴푸&트리트먼트도 세 종류씩 가지고 있는데, 다섯 종류 정도로 늘리고 싶단다.

확실히 그날 기분에 따라서 구분해 쓰는 걸 추천한 건 나였지만, 다섯 종류씩 두고 쓰는 건 너무 많다고 봅니다. 키샤르 님.

그렇다고 해도 요청은 요청.

요즘은 식물 유래(보타니컬)가 유행인 듯하여 그 신제품을 구입했다.

지금까지는 장미와 꽃향기 계열이 많았기 때문에, 보타니컬 허브 계열 향 제품도 가끔은 괜찮겠지 싶었다.

키샤르 님께 요청받은 물건을 건네자『고마워. 외부 브랜드도 기대하고 있을게』라는 한마디를 덧붙이고 자리를 떠났다.

그렇게 기대한들 드러그스토어 외부 브랜드가 나올 거라고는 장담할 수 없다고 말했을 텐데요…….

키샤르 님의 미를 향한 질릴 줄 모르는 집념이 강렬하게 전해져서 조금 무섭습니다.

『다음은 나야. 물론 맥주로 부탁해.』

아그니 님은 일관성 있게 여전히 맥주다.

아그니 님의 고정 메뉴라고 해도 좋을 S사의 프리미엄 맥주와 Y비스 맥주, S사의 검은 라벨 맥주를 박스로 구입했다.

나머지는 여섯 병 묶음을 몇 가지 적당히 골라서 건넸다.

『고마워! 얼른 돌아가서 차가운 맥주를 마셔야겠어! 아! 던전 힘내서 잘 다녀와~.』

페르를 비롯한 아이들의 발목을 잡지 않을 정도로는 힘내 보겠습니다.

『……아이스크림. 그리고 닌릴과 같은 한정 케이크.』

루카 님이시군요. 네.

바닐라 아이스크림을 좋아하시는 것 같으니, 바닐라 아이스크림을 중심으로 해서 후미야의 작은 컵 아이스크림부터 인터넷 슈퍼에서 파는 패밀리 사이즈의 커다란 것까지 다양한 종류를 갖춰 보았다.

그리고 닌릴 님과 같은 후미야의 한정 케이크를 더해서 보냈더니『……고마워』라는 작은 목소리가 들렸다.

기본적으로 말이 없는 루카 님에게 감사 인사를 받으니까 기분이 좋은걸.

『그래, 다음은 우리일세.』

『우리 건 같이 부탁해.』

헤파이스토스 님과 바하근 님, 두 분은 공동 요청이라고 한다.

늘 구입하는 세계 1위에 오르기도 한 국산 위스키는 일단 이번에는 한 병, 그 외에는 되도록 지금까지 마셔본 적이 없는 위스키로, 그러면서 양은 많이 달라는 요청이었다.

그런고로 리큐어 샵 다나카의 순위에 있던 적당한 가격의 위스키를 모조리 카트에 담았다.

우선 처음 눈에 띈 것은 세계 시장 점유율 약 40퍼센트를 점하고 있는 버번위스키였다.

그 정도의 수요가 있는 만큼 가격이 저렴했다.

맛도 평판이 좋았다. 옥수수에서 유래한 부드러운 맛이 특징으로 매우 마시기 편하고 매일 반주로 마시기에 딱이란다.

그리고 다음이 대대로 이어져 온 고집스러운 주조법으로 만들었는데도 가격이 저렴한 아이리시 위스키.

향도 좋고 목 넘김이 부드러워서 이쪽도 마시기 편한 위스키라고 한다.

다음은 국산 위스키 제1호라고 하는 위스키.

오래된 만큼 굳건한 팬층이 있으면서도, 산뜻한 맛으로 새로운 팬들도 꾸준히 생기고 있다고 한다.

그 외에도 금화 두 닢 이내를 기준으로 해서 계속 골랐다.

전에 건넨 적이 있던 것도 몇 병인가 있지만, 되도록이라고 했으니까 괜찮으리라.

고른 위스키를 건네자 헤파이스토스 님과 바하근 님은 감사 인사를 하고 바로『오늘은 밤새도록 마셔보자!』라며 의욕에 넘쳐서 자리를 떠났다.

"후우~ 겨우 끝났네. 마지막은 데미우르고스 님께 바칠 공물이지."

데미우르고스 님께는 여행 도중에도 잊지 않고 공물을 바쳐왔다.

그도 그럴 것이 이 세계의 창조신이시니까.

게다가 깐깐하게 굴지도 않으시고, 내가 보낸 것은 뭐든 기뻐해 주시니 선물하는 보람이 있다고 할까?

얼마 전에 바쳤던 매실주는 매우 마음에 드셨는지, 에둘러『가능하면 매실주를』이라는 이야기를 하셨기 때문에, 요즘은 언제나 일본 술과 안주에 더해 매실주도 몇 병인가 보내고 있다.

실은 데미우르고스 님 마음에 든 것도 있지만, 시종에게 조금 나눠주며 맛보게 했더니 푹 빠져서는 매실주를 미끼로 삼으면 아주 열심히 일한다며 장난스러운 느낌으로 이야기를 해주셨다.

그렇게 오늘 고른 것은 일본 술 대회에서 금상을 수상한 세 종류의 술맛 비교 세트. 그리고 매실주 쪽은 시종분이 특히 마음에 들어 해서 빠트릴 수 없는 국산 청매실주와 브랜디, 벌꿀, 흑당을 사용한 중후한 맛과 걸쭉한 목 넘김을 가진 매실주다.

그 밖에는 상위권에 있던 매실 외에도 매실 잼을 쓴 진한 맛이 특징인 매실주와, 고구마 소주를 베이스로 한 매실주로 매실의 산미와 고구마 소주의 감칠맛이 훌륭하게 조화를 이룬 상품을 골라보았다.

다음은 평소와 같은 각종 프리미엄 통조림 안주.

준비가 다 되었으니…….

"데미우르고스 님, 부디 받아주십시오."

『오오~ 늘 고맙네. ……으음, 매실주를 받고 있으니 일본 술은 괜찮다고 전에 이야기하지 않았는가?』

"아뇨, 아뇨. 데미우르고스 님께는 이래저래 신세를 지고 있으니까 이 정도는 마음 쓰지 마십시오."

『그런가, 미안하네.』

"후후, 게다가 매실주가 있으면 시종분도 열심히 일해주시겠지요?"

『그건 분명 틀림없네. 그 녀석, 평소라면 투덜투덜 불만을 늘어놓을 일도 이 매실주를 슬쩍 내보이면 바로 열심히 일한다네. 후, 후, 후.』

"그렇지! 내일부터 던전에 들어가게 되는지라, 다음 공물이 늦어질지도 모릅니다. 되도록 늦지 않도록 하겠지만, 혹시 그렇게 된다면 미리 사과해두겠습니다."

『그런 건 걱정하지 말게. 걱정하지 마. 그보다 말일세, 자네가 이번에 들어가는 던전은 브릭스트 던전이었지?』

"네. 그렇습니다만."

『역시 그랬나…….』

"응? 무슨 문제라도 있습니까?"

『아니, 그게. 얌전히 있어서 완전히 잊고 있었네만, 그 던전 최하층에 어느샌가 자리를 잡았다고 할까, 거길 잠자리로 삼은 녀석이 있어서 말일세.』

"네? 던전 최하층을 말인가요?"

『뭐, 자네들이라면 문제없을 거라고 생각하네만, 안 되겠다 싶을 땐 내게 말을 걸게나. 그럼 이만.』

"네? 네? 안 되겠다 싶을 때라니, 데미우르고스 님께 말을 하지 않으면 안 될 상대가 있다는 겁니까? 그거 마주치면 안 되는 녀석 아닙니까? 대체 뭐가 있는 겁니까? ……………저기, 데미우르고스 니이이이임?!"

오랜만의 휴일 오후.

거실에서 느긋하게 보내는 시간.

페르, 드라 짱, 스이, 우리 먹보 트리오는 점심을 배불리 먹고 낮잠을 자고 있다.

나로 말하자면, 모두가 잠들어 조용한 시간을 좋아하는 커피를 마시며 여유롭게 보낼까 하고 있었다.

아이템 박스에서 요즘 마음에 든 부드러운 맛의 블렌드 커피 드립 백을 꺼냈다.

"이런, 이게 마지막이네."

마지막 드립 백을 개봉해서 좋아하는 머그잔에 세팅하고 뜨거운 물을 부었다.

"냄새 좋다……."

커피 향이 은은하게 피어올랐다.

향기 좋은 갓 끓인 커피를 한 모금 마셨다.

"음, 맛있어."

커피를 즐기면서 인터넷 슈퍼를 열었다.

"응? 또 뭔가 하고 있네……."

화면을 보니 '햇차의 계절이 돌아왔다! 녹차 페어 개최 중!'이라는 글자가 춤추고 있었다.

"오호라. 햇차의 계절이라. 가끔은 녹차도 괜찮을지도."

최근에는 커피와 홍차를 마시는 날이 많았다.

녹차도 싫어하지는 않으니까 가끔은 괜찮을지도 모르겠다고 생각하는 나.

화면을 보다 보니 오랜만에 녹차가 마시고 싶어졌다.

그러한 연유로, 녹차 페어를 살펴보기로 했다.

"역시 차라고 하면 시즈오카려나."

녹차 산지로 유명한 시즈오카산 햇차를 클릭.

"오~ 녹차 페어인 만큼 찻잎만이 아니라 말차나 말차 디저트 같은 것도 있잖아."

아니, 오히려 그쪽이 메인이라고 할 만큼 말차 디저트 종류가 풍부한걸.

뭐, 말차 디저트는 인기 있으니까.

이렇게 말하는 나도 싫어하지는 않는다.

달콤함 속에서 느껴지는 말차의 희미한 쌉쌀함이 참을 수 없단 말이지~.

게다가 그 선명한 녹색이 보기에도 좋고.

"내 간식용으로 몇 개 사둘까."

말차 쿠키와 말차 초콜릿, 말차 카스텔라와 말차 롤케이크, 그리고 말차 푸딩과 말차 치즈 케이크, 말차 바움쿠헨과 말차 시폰 케이크, 말차 슈크림과 말차 찹쌀떡.

그 외에도 다양한 말차 디저트가 늘어서 있었다.

말차를 이용한 디저트가 이렇게나 많았구나.

만든 사람에게 감탄할 정도였다.

"그나저나, 이렇게나 많으면 아무래도 결정하기가 어려운걸."

인터넷 슈퍼 화면을 보며 고민하고 있으려니…….

『나는 이게 좋다.』

화면의 말차 롤케이크를 가리키는 하얀 털로 뒤덮인 앞발.

옆을 보니, 눈을 말똥말똥하게 뜬 페르가 자리를 잡고 앉아서 인터넷 슈퍼 화면을 보고 있었다.

낮잠 자던 거 아니었어?

언제 일어난 거야?

『그리고 이거랑 이것도 맛있겠구나.』

그렇게 말하며 말차 시폰 케이크와 말차 바움쿠헨을 가리키는 페르.

"…………너, 음식에 관한 건 절대로 놓치지를 않는구나."

『당연하다.』

페르, 그거 젠체하며 할 말이 아니거든?

『나는 있지~ 역시 이거지. 평소랑 색이 다르지만, 이거 푸딩이지? 푸딩 맞지?』

날개를 파닥여 날면서 선명한 녹색을 띤 말차 푸딩을 작은 앞발로 가리킨 것은 드라 짱이었다.

너도 일어난 거냐…….

뭐, 페르가 있는 시점에서 예상했지만.

"아, 네네. 그건 푸딩이야. 말차 푸딩."

『역시 그렇군! 그럼 푸딩을 좋아하는 나는 역시 이거지!』

좋아하는 건 놓치지 않는 그 스타일, 우리 사역마라면 당연한 거라고 해야 하려나…….

『그리고 있지, 이거! 그리고 이것도!』

그리 말하며 말차 슈크림과 말차 딸기 찹쌀떡을 가리키는 드라 짱.

그나저나, 너희 당연히 본인들도 먹을 수 있을 거라 여기며 당당하게 요구하는구나.

『스이는 말이지~ 그러니까…… 전부! 스이는 전부 먹어보고 싶어~!』

그렇게 말하며 흥분한 기색으로 뿅뿅 뛰어오르는 스이.

화면 속 녹색의 선명한 말차 디저트를 보며 뭘 고를까 고민하는 것 같더니만 결국 정하지 못해서, 차라리 전부 고르자고 생각한 모양이었다.

역시 우리 스이(쓴웃음).

스이라면 정말로 전부 다 먹을 수 있을 것 같단 말이지.

그렇다고는 해도…….

"아무리 그래도 전부는 욕심이 지나쳐. 세 가지만 하자. 스이."

『에이~. 전부가 좋은데~.』

"하지만 페르 아저씨도 드라 짱도 세 개씩만 골랐어. 그런데 스이만 전부 고르겠다고? 치사하지 않아?"

그렇게 말하자 뿅뿅 뛰어오르던 스이가 딱 멈추고 페르와 드라 짱의 얼굴을 보았다.

생각에 잠긴 듯 부들부들 떠는 스이.

『우음~ 알았어. 그럼 세 개로 할게~.』

"그래."

나는 스이를 쓰다듬어주었다.

스이도 제대로 생각을 하는구나.

잘 성장하고 있어.

"어느 걸로 할까?"

『그러니까~…….』

진지하게 화면을 보는 스이.

으음으음 하고 신음하며 뚫어질 듯이 화면을 들여다보았다.

이것도 저것도 먹고 싶어서 고민하는 걸 테지.

스이는 단 음식을 아주 좋아하니까.

그렇게 잠시 진지하게 고민한 다음…….

『주인.』

"그래, 정했어?"

『응, 정했어!』

고민을 거듭한 끝에 드디어 정했나 보다.

『정말이지, 스이는 결정이 늦다고! 이런 건 첫인상으로 딱 정하는 게 정답이거든!』

『드라 말이 맞다. 자신의 감각을 믿으면 그게 정답이다. 대체로 그게 제일 맛있다.』

"자자, 그런 말 하지 말고."

드라 짱과 페르를 달랬다.

스이도 너무 좋아하는 거라서 고민한 거지.

"스이, 어떤 걸로 할래?"

『저기 있지~ 이거랑 이거. 그리고, 이거!』

스이가 고민을 거듭한 끝에 고른 것은 말차 롤케이크와 말차 밀크레이프, 그리고 말차 딸기 찹쌀떡이었다.

"그럼 이 말차 디저트를 간식으로 먹을까?"

『와아!』

◇ ◇ ◇ ◇ ◇

모두 자신이 고른 말차 디저트에 군침을 삼켰다.

『흐음. 제법 맛있구나.』

말차 롤케이크를 맛보고 만족스럽게 그렇게 말하는 페르.

아니, 롤케이크 하나를 벌써 다 먹은 거야?

말차 롤케이크 말인데, 말차 롤케이크만으로도 몇 종류나 있었다. 그중에서 페르가 고른 것은 조각으로 나눠 포장된 것이 없었기 때문에 통째로 하나를 사야만 했다.

페르가 고른 그 말차 롤케이크는 말차 스펀지로 과육이 듬뿍 들어간 딸기 크림을 감싼 것이었다.

보기에도 예쁘고 맛있어 보이는 케이크였다.

페르가 고른 것도 이해가 된다.

『이쪽도 꽤 괜찮다.』

말차 시폰 케이크를 우걱우걱 먹으며 만족스럽게 말하는 페르.

이쪽도 홀 사이즈로만 팔아서 홀 사이즈로 구입했다.

…………어라?

페르가 고른 말차 바움쿠헨도 낱개 포장이 없었지?

『흐음, 이것도 좋구나.』

쌀가루를 써서 식감이 쫀득한 바움쿠헨.

페르가 그걸 베어 물면서 그렇게 말했다.

……너, 개별 포장이 없는 것만 고른 거였구나.

뭐가 『자신의 감각을 믿으면 그게 정답이다. 대체로 그게 제일 맛있다』냐.

정말이지 빈틈이 없네~.

페르를 보며 어이없어하다가 옆에 있던 드라 짱이 미묘한 표정을 짓고 있다는 걸 깨달았다.

"드라 짱, 왜 그래?"

『아니, 그게. 이 푸딩, 맛이 없는 건 아닌데 말이지~……. 쓰고, 풀 냄새 나지 않아?』

"픕."

푸, 풀 냄새…….

아, 아니, 그야 원래는 잎이니까 틀린 말은 아니려나?

"아, 쓴 건 말이지, 그 녹색이 나는 건 말차라고 하는데, 그게 들어가 있어서 그래. 그리고 그 말차라는 건 잎으로 만든 거거든."

『그래서인가. ……나는 평범한 푸딩 쪽이 좋아.』

말차 푸딩은 드라 짱 입에는 맞지 않았나 보다.

뭐, 말차의 쌉쌀한 맛을 싫어하는 사람도 있으니까.

말차 슈크림과 말차 딸기 찹쌀떡도 드라 짱 입에는 미묘했는지, 역시나 미묘한 표정을 짓고 있었다.

이런, 안 맞는구나.

그런 일도 있는 거지. 실망하지 마.

그리고 스이로 말하자면⋯⋯.

『⋯⋯⋯⋯.』

단 거라고 하면 언제나 몹시 기뻐하며 신나 하는데, 아무 말 없이 본인이 고른 롤케이크를 꾸물꾸물 감싸고 있었다.

이런~ 스이도 드라 짱과 마찬가지로 미묘한 느낌이구나.

스이가 고른 롤케이크는 말차를 그다지 많이 쓰지 않은 것 같았는데.

플레인 스펀지로 연녹색 말차 크림을 감싼 거잖아.

하지만 역시 드라 짱과 마찬가지로 말차의 쌉쌀한 맛이 맞지 않는 거려나.

우리 스이, 말차 크림을 바른 밀크레이프도 말차 딸기 찹쌀떡도 미묘한 느낌으로 먹고 있어.

"스이, 말차 간식은 맛없었어?"

『쓴걸. 스이 싫어할지도~.』

"그, 그렇구나."

스이한테 말차 풍미는 아직 일렀나 보다.

드라 짱과 스이한테는 입가심으로 콜라를 주었다.

『응, 맛있어!』

『맛있어~.』

기뻐하며 꿀꺽꿀꺽 마셨다.

입가심이 필요 없을 터인 페르도 꿀꺽꿀꺽 마시고 있지만.

게다가.

『더 다오.』

뭐라는 거야.

드라 짱과 스이도『더 줘』라고 하니, 어쩔 수 없이 더 따라줬지만.

참고로 나로 말하자면, 지나치게 무난할지도 모르지만 말차 카스텔라를 골랐다.

이걸 방금 구입한 시즈오카산 햇차와 함께 먹고 있다.

후르륵———.

녹차라는 건 말이지, 일본인에게 새겨진 맛이라니까.

역시 차분해지는걸.

그리고 짙은 녹색을 띤 예쁜 말차 카스텔라도 한 입.

으음, 이것도 맛있어.

카스텔라의 폭신하고 부드러운 단맛 속에서 빛나는 희미한 쓴맛.

보통 카스텔라도 나쁘지 않지만, 그건 한 조각 먹으면 충분하다는 느낌이란 말이지.

이 말차 카스텔라는 질리지를 않는다고 할까, 더 먹고 싶어지는 느낌.

역시 이 말차의 쌉쌀함이 악센트가 되어주기 때문이겠지.

내가 녹차와 말차 카스텔라를 즐기고 있으려니…….

『어흠……. 이 몸은 말차 디저트, 싫지 않으니라~.』

갑자기 머릿속에서 울린 익숙한 목소리.

………….

닌릴 님, 오셨습니까.

단 음식을 좋아한다는 건 알지만, 공물을 바친 지 얼마 안 됐을 텐데?

『크읏……. 그, 그거랑 이건 별개니라! 너희가 단 걸 맛있게 먹는 모습을 봤더니, 참을 수 없게 되었다!』

아니, 그건 참아주셔야죠.

그보다, 참으셔야만 합니다.

일단 여신님이니까, 그렇게 가볍게 하계의 인간에게 말을 걸면 안 된다고 보는데요.

『크으읏.』

"그런고로, 이제 말을 거시면 안 됩니다."

『잠깐, 자자잠깐, 잠깐 기다리거라! 저기, 그러니까~ 그게~ 그래! 그 다양한 말차 디저트를 네가 자발적으로 바쳐주면 좋겠는데~. 그러면 이 몸은 매우 매~우 기쁘겠는데~.』

닌릴 님의 얼굴은 모르지만, 이쪽을 힐끔힐끔 보면서 그런 말을 하는 모습이 눈앞에 보이는 듯했다.

대체 얼마나 말차 디저트를 먹고 싶은 건데.

"아니, 그러니까, 지난번 공물을 바친 지도 얼마 안 됐으니까 안 드립니다."

바로 얼마 전이라고.

일주일도 안 지났거든.

늘 그렇듯이 대량의 단것을 우르르 보내드렸잖아요.

『크읏~. 그러니까, 그것과 이것은 별개니라! 그 단것과 말차 디

255

저트는 맛이 전혀 다르지 않으냐! 말차 디저트는 그 희미한 쓴맛이 좋은 것이지 않으냐!』

아니, 그렇게 역설하지 말아주십시오.

『우으~ 이 몸도 말차 디저트를 먹고 싶으니라! 먹고 싶으니라, 먹고 싶으니라!』

떼를 쓰기 시작했어. 여신님이면서.

이 모습을 보니 데미우르고스 님도 고생이 많으시겠네.

"하아, 그럼 조금만입니다."

『만세! 그래! 그렇다면 이 몸은 말이다⋯⋯.』

그 후 말차 페어 화면을 한참 왔다 갔다 시키고, 더 달라고 조르고 떼를 쓰더니, 결국 닌릴 님에게 다섯 개의 말차 디저트를 보내는 지경에 이르렀다.

고민을 거듭한 끝에 닌릴 님은 페르와 같은 전법으로 낱개 포장이 없는 말차 롤케이크와 말차 시폰 케이크와 말차 바움쿠헨을 고르고, 그 외에는 제일 좋아하는 도라야키(말차 크림이 들어간 생 도라야키)와 말차 슈크림을 골랐다.

서둘러 받기를 바라기에 곧장 보냈더니, 닌릴 님은 『고맙구나』라는 목소리와 함께 사라졌다.

이 세계, 저런 게 여신님이어도 정말 괜찮은 걸까 하는 걱정이 들었다.

"그나저나, 지쳤어~."

내 보존용 간식으로 몇 가지 살까 했었는데, 이제 됐다.

피곤하니까.

그 피곤을 풀 생각에 차가워진 차를 다시 끓여 홀짝이는 나.

며칠 후, 이 일이 원인이 되어 닌릴 님이 데미우르고스 님께 크게 혼이 났다고 하는데, 그건 내 책임이 아니니까.

후기

에구치 렌입니다. '터무니없는 스킬로 이세계 방랑 밥 비프커틀릿×도둑 왕의 보물'을 읽어주셔서 정말로 고맙습니다!

드디어 10권입니다! 두 자릿수입니다. 두 자릿수.

오버랩에서 처음 출판해주셨을 때는 이 시리즈가 여기까지 간행될 거라고는 생각도 못 했습니다.

이렇게 여기까지 올 수 있었던 것도 읽어주신 독자 여러분 덕분입니다. 정말로 감사드립니다.

10권은 과거에 이 세계로 전이해 온 선배 일본인의 이야기가 나오거나, 또다시 새로운 던전을 향해 출발하거나 합니다.

작가로서는 과거에 전이해 온 카즈키 이야기는 쓰면서 즐거웠고, 던전으로 가는 길의 고아원 이야기는 조금 따뜻해서 좋아하는 장면입니다. 여러분도 즐겨주신다면 기쁠 겁니다.

그리고 이번에도 이 책 10권과 동시에 본편 코믹스 7권, 스이가 주인공인 외전 '스이의 대모험' 5권이 발매됩니다!

본편 코믹스와 외전 코믹스, 양쪽 모두 대호평이라 원작자로서 기쁘기 그지없습니다.

본편 코믹스와 외전 코믹스를 아직 읽지 않은 분은, 매우 재미있으니 부디 이번 기회에 읽어봐 주십시오.

일러스트를 그려주시는 마사 선생님, 본편 코믹스를 담당해주시는 아카기시 K 선생님, 그리고 외전 코믹스를 담당해주시는 후타바 모모 선생님, 담당 I님, 오버랩사 여러분, 정말로 고맙습니다.

마지막으로 여러분, 앞으로도 느긋하고 따스한 이세계 모험담 '터무니없는 스킬로 이세계 방랑 밥'의 WEB, 서적, 본편 코믹스 모두 잘 부탁드립니다.

11권에서 다시 만날 수 있기를 진심으로 바라겠습니다.

Tondemo Skill de Isekai Hourou Meshi 10
ⓒ2021 Ren Eguchi
First published in Japan in 2021 by OVERLAP, Inc.
Korean translation rights reserved by Somy Media, Inc.
Under the license from OVERLAP, Inc., Tokyo JAPAN

터무니없는 스킬로 이세계 방랑 밥 10

비프커틀릿×도둑 왕의 보물

2024년 1월 15일 1판 2쇄 발행

저   자 에구치 렌
일 러 스 트 마사
옮 긴 이 이신
발 행 인 유재옥
이   사 조병권
출판본부장 박광운
담 당 편 집 홍길동
편 집 1 팀 박광운 최서영
편 집 2 팀 정영길 조찬희 박치우 정지원
편 집 3 팀 오준영 이해빈 이소의
디자인랩팀 김보라 박민솔
디지털사업팀 박상섭 김지연 윤희진
라이츠사업팀 김정미 맹미영 이윤서
영업마케팅팀 최원석 박수진 박소연
물 류 팀 허석용 백철기
경영지원팀 최정연
인쇄제작처 ㈜코리아피엔피
발 행 처 ㈜소미미디어
등   록 제2015-000008호
주   소 서울시 마포구 토정로222, 403호 (신수동, 한국출판콘텐츠센터)
판매 및 마케팅 (070) 8822-2301

ISBN 979-11-384-3619-9
ISBN 979-11-6190-011-7 (세트)